-格致文库-
留给未来中国的好笔墨

悲悯与怜爱

汪政 著

山西出版传媒集团
北岳文艺出版社

图书在版编目（CIP）数据

悲悯与怜爱 / 汪政著. —太原：北岳文艺出版社，2017.1
ISBN 978-7-5378-5069-8

Ⅰ. ①悲… Ⅱ. ①汪… Ⅲ. ①散文集—中国—当代 Ⅳ. ①I267

中国版本图书馆CIP数据核字（2016）第312208号

书　　名	悲悯与怜爱
著　　者	汪　政
责任编辑	马　峻
装帧设计	张永文

出版发行	山西出版传媒集团·北岳文艺出版社
地　　址	山西省太原市并州南路57号
邮　　编	030012
电　　话	0351-5628696（发行部）
	0351-5628688（总编室）
传　　真	0351-5628680
网　　址	http://www.bywy.com
E－mail	bywycbs@163.com
经 销 商	新华书店
印刷装订	山西万佳印业有限公司

开　　本	787×1092　1/32
字　　数	138千字
印　　张	6.875
版　　次	2017年1月第1版
印　　次	2020年9月山西第2次印刷
书　　号	ISBN 978-7-5378-5069-8
定　　价	38.00元

目录

第一辑 想象的极限

- 003 少年读书记
- 027 书房的秘密
- 030 审美的慢阅读
- 033 远去的植物
- 036 想象的极限
- 040 华丽不再
- 044 读闲书 说娱乐
- 049 杂议"科幻"
- 053 王小波与费尔马
- 057 神驰"缘缘堂"

062　文字狱的另一番闲话
068　说儿歌
078　悲悯与怜爱
087　我们距布拉格有多远
　　　——推荐一篇文学对话

第二辑　向日常生活致敬

097　向日常生活致敬
102　乡村游戏
106　手炉
109　祖父是个庄稼人
112　音乐生活
115　吃的是性格
118　三代人的酒
122　学习过年
126　我的邮电记忆
129　骑车记
133　开车的境界
136　旧物记
138　棋谱
141　家声
145　都市芦苇

149	书家
154	坐着动车回故乡

第三辑　教育，还是文化

161	教育的黄昏
167	学校是一棵树
171	家庭是真正的学校
178	教育，还是文化
185	被崇拜的老课本
188	富养
191	我们的宿敌
194	荔枝的故事
197	个人叙事与微观中等师范教育史

第一辑　想象的极限

少年读书记

父亲的书

我生于20世纪60年代，当我们这代人想看书时，已经无书可看了，但比起与我一同嬉戏的少年伙伴们，我还算幸运，因为我有父亲学生时代留下的一大堆旧书。

我是在乡下的旧屋里找到这批旧书的，我父亲在"文革"时很不走运，经常被拉上大街游行示众，家里的书除了"红宝书"之外几乎被抄了个精光。好在老家偏僻，祖父又一直为自己生了个能读书的儿子而骄傲，把儿子上学时读的书用油纸里三层外三层包好，悬在屋梁上。当我费了大半天工夫将它们全部取下，打开那灰尘盈寸的包封时，除了纸页发黄，书钉锈蚀之外，其他还都完好如初。

在那一堆旧书中，我找到了很多的乐趣。我知道了我当时无法学到的许多课程，如生物学、人体解剖学等。就是从那本让那个时代的少年欲看不敢、欲罢不能的人体解剖教材里，我知道了男人和女人的许多秘密，知道了妈妈说我是从她胳肢窝里生出来的说法原来是与真实情况毫不相干的谎言。而在当时，这种说法相当流行，几乎每个孩子都信以为真。我发现，即使我和父亲学过同样的课程，教科书上的说法也差异很大。比如历史，我在父亲的历史课本上看到了许多人物的画像，有中国的刘少奇、彭德怀，有外国的朱可夫、夏伯阳，这些人物，在我们那个时候都是修正主义者和叛徒。要知道，这对当时的一位少年具有怎样的冲击力。我性格中之所以有那么一点怀疑精神，也许与这批旧书有关，它至少告诉我，对某一事物，人们的看法是多种多样的。因此，我提倡孩子们从小不妨看一点所谓"异端"的书。其实，强迫或不自觉的自我强迫去接受一律的或流行的观念实际上是一种更可怕的"愚民"策略。每个从"文革"过来的人对此都应该深有体会。

　　父亲留下来的书还真不少，除了成套的教科书之外，更多的是些小说和科普的读物。父亲确实是一个用功的学生，教科书上密密麻麻地记满了笔记，而且字迹工整，一丝不苟。红、黑、蓝、紫，种种记号，简直是五彩缤纷，看得我眼花缭乱。当然，父亲似乎也有心不在焉的时候，因为我不时发现他在书页的天地空白处画上些笨拙的人像，我甚至在一本书中发现了一张纸条，上面写着："现在几点了？我饿极了。"我就这张纸条问过我父亲，父亲大笑起来，说当时正上音乐课，这位传纸条的同学立即被叫上黑板默写五线谱，他把五线谱中的一个记号的上部分画得无限夸张，老师询问缘故，这位学生说："肚子饿了，我把它画成了饭勺"，课堂顿时哗然！这样的故事多么生动而有趣呵，这就是我们的父亲，威严的父辈原来也有着如同我们一样的少不更事的年代。

这批旧书后来被我陆续带回小镇，可惜，现在已散失殆尽了。我把仅有的几本插在书柜醒目的地方，它时时唤起我少年读书时的温馨和感伤。父亲周末常常光顾我的书房，不知道他是不是还记得那些有趣的故事，他能认出这几本旧书吗？那是他的父亲和儿子为他保存下来的他学生时代的书呵。

七字段

我少年时代的大部分时光是在乡下度过的，那时的乡下与现在根本没法比，住的都是低矮的茅屋，难得有几户是所谓的"砖墙草盖"，那已经让农家人羡慕得要死了。

我们年少，对这些并没有太大的感觉。白天，与邻家的孩子结成一帮，在村子里如鸽群般呼啸着穿梭不息，哪里有时间去分担大人们的忧愁呢？只是黄昏到来，各家少年皆被父母们吆喝着回家时，一种清冷和寂寞才袭上心头。暮霭四合，鸡们伸长了脖子在场院里找着自己的窝，猪饿着直叫唤，把栏圈拱得轰隆隆的响。村里没有电，渐渐地漆黑一团。我们便时常蹲在这黑暗中，回味着白天欢笑的情景。

也就常常在这个时候，祖母会将我们一个个唤回灶间，让我们听她唱书。我不知道祖母何以会唱那么多的书。祖母是从邻县嫁过来的，家族里并没有说唱卖艺的，她自己又不识字，她是听来的吗？我时时想象还是少女的祖母，她挤在人群中入迷地听着艺人们卖唱，神情专注、欲悲欲喜，而那些戏文会一字不漏地灌到她的脑子里，直到她儿孙满堂时才清泉般涌出。我祖母真是聪明至极的人。

英雄小罗成、怨妇孟姜女、奇冤岳鹏举、怪才刘伯温……祖母给我们唱过许多整部的戏文。当我将这些故事再讲给邻家少年时，直听得他上茅坑时都忘了提裤子。

后来，我在一个亲戚家里的旧木箱子里看到了许多发黄的书，上面整齐地印着一排排的字，仔细看下去，竟看到了祖母唱过的故事。父亲告诉我，那是说书的一种稿本，说时可以带曲，也可以不带曲，乡里俗称"七字段"，即每句七字，以情节成段，一部书就这样一段一段地排下去。我好长时间陷在"七字段"里不能自拔，许多精彩的段落我能倒背如流，如岳飞枪挑小梁王等等。我甚至曾经试着将我和伙伴们的故事也编成"七字段"，那大概就是我最早的创作了。

荒唐的少年梦已一去不复返，祖母也已去世多年了，但她生前为我们说唱七字段的情形却让我不能忘怀。她一边拉着风箱，一边朝灶里添着柴火，火光映着白发，一闪一闪的。我们围在温暖的灶边，无聊的黄昏在动人故事中被打发了。曲终人醒，周围早已弥漫着诱人的饭香。

英雄梦

没有一个少年不喜欢战争，没有一个少年没有做过英雄梦，而英雄梦的诞生则大多与他们所读过的书有关。当我在小学时陆续读到《烈火金刚》《林海雪原》《新儿女英雄传》《红旗谱》

等革命战争题材的小说时，确实为自己未能生长在一个战争年代而懊恼万分。所谓"余生也晚"，是我长大后才学的一句古语，但在少年时代，我确实时有着类似的喟叹。

当时，我们的生活相当贫乏，没有电视，电影也相当少，穿的几乎是清一色的蓝、黄、灰、黑服装。我们没有游乐场，最糟糕的是没有课外书籍。我说的那些革命战争题材的书籍都是同学们不知从哪儿偷偷弄来的，大部分都没有封面和封底，有的已掉了许多书页，实际上都是一些残本，阅读起来吃力而别扭。按当时的说法，这些都是黄书或禁书。因此，不要说阅读这些书本身，单是同学们之间的相互传阅便已经带有了浓重的"地下工作"的味道，刺激得我们这群少年充满了亢奋和冒险。事实上，我有一个同学基本上不看这些书，但却热衷于收罗和传借它们，对他来说，拥有禁书和传借禁书的乐趣大大超过了阅读本身。后来这位同学被拎到学校全体大会上给予严厉批评。他竟因此而成了我们这群少年中第一个圆了英雄梦的幸运者。

就是这些残篇断简，给我贫乏的生活带来了生机，我断断续续地艰难地读着这些因破损而前言不搭后语的书，用自己的想象去补充那断缺的部分，长久地沉湎在其中而不愿回到现实中来。尤其是《林海雪原》，书中展示的莽莽苍苍的深山老林，那终日不见人迹的无边雪原，以及那与我们苏北平原迥然不同的生活习惯和以杨子荣为典范的浪漫而艰险的战争人生，使我这个足不出户的少年神往不已。《烈火金刚》我也喜欢，我就是从这部书中读到了"英雄爱美人"的说法。书中的美人是一位地主的小姐，这多少让我不快，我无法解释在敌群中挥舞一把缺了口的大刀杀人吱咯生声的英雄尚武志何以不听大家的规劝一意孤行地喜欢那位小姐，更惊异这位叱咤风云的莽汉何以会在一位弱女子面前变得那么温顺而又手足无措。在我们的少年时代，男孩子如果与女孩子讲话会莫名其妙地遭到伙伴们的嘲笑而长时间地被排斥在外的。

我至今仍保存着对这些书籍深刻而美好的印象，为了使这些印象不至于遭到破坏，我长大后再没有去读它们。我看过《林海雪原》改编成的京剧《智取威虎山》，对那图案化、简单化的做法很不以为然。我后悔观看了这部现代京剧，它把我对《林海雪原》中的少年的印象弄得一塌糊涂。

我觉得少年们还是应该读一读战争与人生的作品，它会使孩子们认识世界残酷的一面，保持一点天生的野性。我现在已经有了一个会看连环画的女儿，我为她准备了大量的英雄书，我会在某一天将这些书赠给她，我将安排一个庄严的仪式，给她讲述我因书而生的少年英雄梦。

熟读唐诗三百首

有相当长的一段时间，父亲到邻近的一个公社工作，到周末才能回来。那时他一定非常辛苦，母亲总要等到父亲回来才开一次大荤。父亲一向贪杯，在记忆中，那段日子，父亲总是喝得昏昏的，直睡到太阳西斜。有时，父亲高兴了，就靠在床上或凉榻上，将我们几个唤到身边，讲故事。父亲不喜欢讲眼下的，而喜欢讲他的学生生活。父亲是师范毕业，在他的讲述中，那段生活简直如同神仙，说到兴奋处，父亲便立起身旁若无人地模仿他的老师高声吟诵起来："新丰美酒斗十千，咸阳游侠多少年。相逢意气为君饮，系马高楼垂柳边"……

这是我最喜欢的融融场面，每次听父亲讲故事，我总缠着让父亲给我们读古诗，因为我喜欢这些节奏舒张有致，文字古典优美的诗歌，说实话，我听不懂当年父亲的吟哦，但那种氛围确实深深地感染着我。

有一次回来，父亲从提包里拿出一本书来送给我。那本书的名字十分陌生：《唐诗三百首》，书已经很旧了。我一时不知所措，我不知道父亲为什么送这样一本书给我。打开书页，里面的字是竖排的，而且是繁体。在父亲的帮助下，我好容易看出几首父亲吟诵过的诗来，不知怎么的，那本书便一刹那变得亲切起来。

以我的幼稚和无知，自然不可能真正走进唐诗，但我由衷地喜欢这本书。我花了相当长的时间，把那些繁体字查出了读音，并在旁边注上简体字，然后就一知半解读起来。到小学毕业时，我已能背诵里面的大部分篇章了，在同学们的书和作业本上，我时常写下一些我和他们都不怎么懂的诗句，直引得老师都对我刮目相看。

现在已很难说清我是什么时候渐入佳境走进唐诗的了，那是一个相当漫长而又充满无数偶然会心的过程。我不是在读的时候，而是常常在生活中的某一时刻立即感悟了它的境界。当我回到乡下祖母那里，看到麦穗初秀，牛羊将归，而我的祖父正和邻里的老汉从夕阳中回来时，我就会想起王维的《渭川田家》了；

而在某一天清晨我发觉晚上竟下过一场透雨，院子里的月季花已零落满地时，我又会立刻理解了孟浩然的《春晓》……我学会了等待，我相信唐诗的会心总会如约而至，我所不理解的那些作品总会让我理解的。记得我曾经不止一次拿着《唐诗三百首》向父亲请教，父亲指点一番后说："你还小，等你长大了，就懂了。"而我长大后才知道，好诗总是常读常新，而有些诗是需要用一生去理解的。

《唐诗三百首》自然不是完美的选本，只要是选本总有偏颇不周的地方。鲁迅等许多名家不止一次说过选本的坏处，但选本依然流行。现在拥有《唐诗三百首》的少年究竟有多少呢？

我们都曾一样受惠于选本。

闲　书

现在许多年轻的父母对孩子要求很严格，只许看课本、写作业，如果孩子看了课外书，那是要遭到斥责的，因为那是在看"闲书"！我不知道看闲书有什么不好，孔子是让看的，认为那有益于"多识鸟兽草木"。我在少年时代看的书大概大部分要划入闲书之列，那个时代的课本实在贫乏单薄得可以，开学第一天交费，领新书，回家一个下午就能将所有的课本看个遍。

在我所阅读的闲书中，十分有趣而又给我带来许多故事的有两本，一本是《赤脚医生手册》，一本是《民兵军事知识手册》，这两本书当时都很普及，随时随地都可以找到。

看《赤脚医生手册》是随我父亲在乡下读小学的时候。闲得无聊，我父亲有一段时间对行医开药到了入迷的程度。那时他是一所小学的负责人，于是，就建议将学校的"五七"小农场改种中草药。他先是对《赤脚医生手册》狠花了一番功夫，这本书当然是普及性的，没多长时间，他自恃医道长进，《赤脚医生手册》显得太浅了，于是就找来了许多更专业的书，而将《手册》甩给了我。而对我来说，这本书又太厚了、太深了。我前后翻了几遍，最后选定把中草药部分作为主攻方向。我先是看书上的说明，然后再到学校的中药圃里去找那些奇奇怪怪的植物，辨形、认色、尝味。后来知道了神农尝百草和李时珍编写《本草纲目》的故事，心中竟有不过尔尔的感觉。在我不短的学习生涯中，那是我自觉而又认真的时光。我认识了许多现在仍能一眼就叫得出名说得出"性"的中草药。那个中药圃在我心中，其趣味丝毫不亚于鲁迅笔下的百草园。牵牛花、金银花、金钱菊、枸杞、苍耳子、杜仲树、鱼腥草……一年四季，花期不断，药香四溢，可惜我再不能拥有了。长大后我在一个朋友家里居然又看到了那本《赤脚医生手册》，但少年时的感觉却再也找不到了，倒是发现这本书的文字实际上是挺不错的，尤其是中草药那一部分，写得言简、意赅，半文半白，有种说不出的古朴雅致。可以毫不夸张地说，在现在孩子们的课本中，是很难找到这种风格和笔力的说明文的。

至于《民兵军事知识手册》，我不知道如何叙述才好。这是一本比《赤脚医生手册》更有趣、更神秘、更刺激也更适合少年口味的书，内容与现在的"国防教育"图书大致相当，从战争的概念讲到国防的重要，直至兵器知识、一般作战技巧和战时救护常识。由于我从小体弱多病，所以对战争反而更多了一层向往，对书中的插图和文字，几乎过目不忘。知识使我在观念和想象中变得强大起来，我恨不得战争在一夜之间爆发，从而让我有一试身手的机会。正是这种心情使我出了丑。有一天我和一位同学在小镇东边新建的大桥边玩耍，我们在还未被清理走的许多大石块中间穿梭跳跃，忽然，远处传来了汽车的喇叭声，我心血来潮地对同学说："我们来打汽车，怎么样？"于是我们趴在石头后边，如当时电影中铺天盖地的伏击场面一样，紧张地等待汽车的到来。我们同时向汽车投去了石块，我的同学的石块都落到了汽车的后面，而我呢，因为从《民兵军事手册》中得知，击打行进的目标，必须有一个提前量，所以是向汽车前一米处投掷的，结果一下子就打碎了驾驶室的玻璃。我们没有想到是这样的结果，一下子待在那里，而我的同学在关键时候又出卖了我，我被带上汽车，又被带到派出所。

当时我正在读三年级，还不到十岁。

这应该是一个被闲书所害的例子了。当年的紧张和恐惧现在已不能准确地忆起。不过，谁没有一两桩荒唐的少年故事呢？所以，我仍然觉得，少年还是应当看点闲书，而看了闲书又敢于实践的少年则更难能可贵了。

我家的书店

一个问题，它是不是问题要看是问谁，比如你小时候读的书是哪里来的？这对我女儿来说就不是问题，是学校图书馆，是我自己家的。她可能还会抱怨说没出生的时候爸爸就给她准备好了一屋子的书。不要问书是哪里来的，而是书早就在那儿等着她了。但若是问我，就不是一句话两句话能够说得清楚的了。我读的书是哪里来的？是父亲的课本和我的课本？是同学间串来串去的面目可疑的"坏书"？也可能是钻到"文攻武卫"指挥部偷出来的被查抄的禁书，还可能是躺在废品收购站的废纸堆上读到的书，铁打的营盘流水的兵，那里永远会有不断收购来的破书、旧书。可以看，但不可以拿，今天你恋恋不舍地放下的，明天就可能成了纸浆。应该还有从书店里买到的看到的书。

我对书店的记忆非常迟，大概已经到了70年代，那时我都是中学生了，我生活的小镇上才有了第一家书店。在此之前，如果说到书店，那就是指我们县城的新华书店。但因为年龄小，路途远，交通不方便，是难得到县城一趟的，所以印象模糊得很。何况，到书店买书是件多么奢侈的事情。

有一天我们家来了一位客人，父亲高兴地向我们介绍，那是他上师范时的同学，在新华书店工作。我们立时对他尊敬得了不得，我们多么想看书啊，而他居然在新华书店工作！那天，父亲和他的老同学推杯换盏，临别时，父亲的同学用微醺的眼睛笑眯眯地看着我，说："哦，喜欢看书？很好嘛。到我店里去，有的是你看的，不要钱！"他姓陈，我们喊他陈叔叔。

说是书店，其实并没有店面，也不挂牌子，只是租了一处民房，业务主要不在零售，而是批发。当年农村和乡镇的图书销售是由供销系统承担的，就是在供销社，还有比较大的供销社的代销点的营业柜台里辟出一块来卖书。它们的书由新华书店提供，陈叔叔做的就是这方面的工作，为我们那个区几个公社的供销社批发图书。所以，严格地说，他那儿应该不是书店，而是图书批发点。每隔一段时间，县新华书店就会给批发点发来书单，工作人员根据本地区图书需求与销售情况勾出所需要的图书。不几天，书就来了，工作人员依照底单一堆一堆地分好，再过几天，各地供销社就会来人将书提走。陈叔叔是这个批发点的负责人，我好像也没看见过有其他的人。陈叔叔会在书单来的时候喊我过去，问我喜欢看当中的哪些书，我就根据书名想象一番点上几本，一般他不会说什么，要不就夸我几句"上进""有眼光"，但也有的时候会犹豫地问我是不是真的要看其中的某几本书，是不是看得懂，说那些书"很深"，进了，你不买可能就卖不出去。我非常感激陈叔叔，因为他在我们镇上工作的时候我父亲还在乡下，但我一有空就跑到那儿去，他从不嫌烦。那真是个小型图书馆，比我们镇上文化站的图书还要多，还要新。我有时在那里一待就是半天，把我喜欢的书挑到一边，慢慢地读，真的可以说是坐拥书城。即使我上了大学，见识了真正的新华书店和图书馆，还是觉得那个批发点好，我会写信或打电话把我想看或想买但买不到的书告诉我父亲，请陈叔叔帮忙。而一放假，我首先去的地方就是那儿。在我心目中，它早就成了我家的书店。

后来，批发点撤销了，陈叔叔也调走了。

但我与书店的故事还在继续。

字帖和春联

在写作圈子内，我也算是个会写几笔毛笔字的人。遇到文学活动，如要留个言，写幅字什么的，大家都会推说，让汪政写，让汪政写。我自然要再三谦虚，但最后总还是写了。其实，人家不叫你写，你也会去写的，写字的人，手痒，看到笔墨纸砚就熬不住。

我的字写得怎么样，不知道，但有人说"你是有童子功的"，这个我不反对。我从小就喜欢写字，从小字就写得好，从小学到大学，写的字一直受老师的表扬。记得我上大学后，中文系的主任有一次问我，"你知道我们为什么要录取你？"我自然不知道，他很得意地说，"我们看了你的考卷，你的字好！"

小时候怎么写字怎么练字的已经说不上来了。那时写字并不像现在受热捧，还考级。写字在"文化大革命"时期是不被当作艺术的，"书法"在那个时代属于被遗忘或废黜的词语。字写得好的好处除了春节有人请你写春联，大概也就是出版报，写标语和抄写大字报了。我自小体弱，父母亲特别是父亲让我在书画上用点功，说下乡了好去办版报，那样就不用下田，还可以挣工分。

我当然没有那么长远的考虑，但就是喜欢。见到好的字，不管这字写在哪里，印在何处，都喜欢，都会边看边在手心里描。在我少年时代不多的书中，有几本是我最喜爱的，有空就拿出来翻看，一是《芥子园画谱》，不全，我也记不得几本了，一是丰子恺题签的一套学生习字帖，也不全，大概都是我父亲上学时用过的，破旧不堪，缺页少张，上面沾满了墨渍。我小时候不爱说话，也不是太喜欢串门，好像一个人的时候非常多。一个人的时候，我就会把这些书拿出来，在父亲为我们钉的小桌子旁边坐下，拿个小碟子，倒上墨汁，开始画画写字，经常不知不觉就到了黄昏。我家的后墙开着一扇不大的窗户，对过住着一对老夫妻，他们的院子就挨着我们家，里面有一棵很大的石榴树，树冠高大，浓荫蔽日。写累了，我就盯着石榴树出神，万籁俱静，耳朵里是两个老人显得非常遥远的时高时低的说话声。

儿时最大的乐趣之一是看春联。我们镇上字写得好的人不少，最著名的当然是书法家仲贞子先生，他家是我们镇上的大户人家，书香门第。仲先生毕业于上海美专，诗书画印皆精。我们很幸运，他竟然是我们中学的美术老师，教我们写字画画。记得有许多孩子买不起字帖，仲老师就在这些学生大字簿每一页的第一行用朱笔写上正楷，让他们照着写。另一个字写得好的是南货店的一个营业员，他姓什么我已经忘了。店里卖纸，什么颜色的都有。人们去买纸都是有事的，要么是过年过节，要么就是有红白事，都要在纸上写字。我经过南货店，几乎每次都会看见这个营业员在为别人写字。不知道这是不是过去开店的规矩，卖纸的就得帮人家写字，但这样做起码生意会好一点。到了过年，这两位先生就要忙着给镇上的人家写春联。我母亲在邮电所工作，我家住的是邮电所的公房，邮电所说大不大，说小不小，办公加上住家，二十几间房总是有的，邮电所的所长每年都要请仲老师写春联，从大门一直写到每户人家，红红的一片。整个小镇，除了有几户家里有读书人自己写以外，都是他们俩写的。大年初一，我必定把我们那个小镇东西南北走一遍，大街小巷，每户人家，就是为了去读他们的春联。现在想来，每年的正月，就是他们的书法双人展。

后来，我还经常在书店里看到仲先生书写的春联，行书、隶书、魏碑，都有，但这印出来的怎么看都没有我小时候看到的他贴在人家门上的手写的漂亮。

他一直是我心目中的大艺术家。

我们"有用的知识"

前些日子看到网友们纷纷转载、置顶一篇博文，现在再去找已经找不到了，文章好像是对初中各科课本的质疑，大意是许多课本都是在教学生一些"无用的知识"。

这是个问题，什么是有用的知识，什么又是无用的知识？还真不好回答。"文革"时期有一部非常有名的电影《决裂》，大概是根据白卷英雄张铁生的事情创作的，是有实际生产经验的工农兵上大学，还是靠"死记硬背"得高分的人上大学？大学里应该上什么课，教什么知识，乃至课堂应该放在哪里都是这部批判修正主义教育路线的电影要探讨澄清的问题。影片中有一个情节在当时被我们这些中小学生争相效仿，农学院畜牧专业的大学生们在上课，一个老教授摇头晃脑地拖着长腔开始授课："马尾巴的功能……"话没说完，学生，连同教室外的农民们都笑翻了，弄得教授面如猪肝，狼狈不堪。在农民们，还有那些教育改革者们看来，这也是知识，也值得在大学的课堂上去讲？猪马牛羊，玉米水稻，土肥水种密保管工的"农业八字宪法"，需要讲的海了去了，一万年太久，只争朝夕，为什么把时间花在马尾巴上呢？

这就是当年对知识的看法，这也是当年我们课本内容编排的方向。学生以学为主，兼学别样，不但要学文，也要学工、学农、学军，也要批判资产阶级。学制要缩短，教育要革命，资产阶级知识分子统治我们学校的现象，再也不能继续下去了。这是"文革"时小学生都能张口即来的话。这一当时的"方针"现在看来很有意味，它说学生是以学为主的，但这为主的"学文"即文化课的学习学什么没有说，而那兼学别样却非常具体。于是，学校就从具体的具有可操作性的"兼学别样"入手来进行教育改革和教育革命。语文课成了政文课，是不是就是政治语文的简称？体育叫"军体"，就是军事体育，不仅别样中有学军，也是因为那时全民皆兵，要备战、备荒为人民。再增设农业基础知识和工业基础知识课程，简称"农基""工基"。课本的内容基本上都是由工农业和日常生活中的知识和技能构成。正是这些课，让我们知道了"猪的身上全是宝"，柴油机的工作原理。数学课教我们如何丈量土地，如何计算土方，化学课教我们怎样配比农药，如何修建家庭沼气池，物理课让我们设计农村小电网，如何因地制宜、就近取材制造工具既省力又做功。开门办学是必需的，我们常常背着行李，提着油米就下了乡，与贫下中农同吃、同住、同劳动。考试就在田头车间，物理就考驾驶拖拉机，语文就为空气锤车间写篇"大字报"。说实话，我当时年纪小，对社会大势并不清楚，以为世界就是这样。虽然，有些课程与考试让我发怵，比如手扶拖拉机的驾驶。一开始的发动就让我头疼，它是要手摇发动的，一手摇摇柄，一手按气门，我身材瘦小，好像从小学到中学一直坐在第一排，根本摇不动，你摇不动，摇柄就会反弹，我时刻担心会被反弹的摇柄打个头破血流。手扶拖拉机的驾驶与现在的桩考、路考相似，但项目要比现在少得多，就是向前开一个大"8"字，再按原路线向后倒一回。我手小，一只手都抓不了扶手和离合器，又是扶手，又是离合器，又是油门，根本忙不过来，开"8"字要一边把扶手左右移动，一边交换捏放离合器，扶手摆的角度特别大，我坐着够不着，需在座位上两边跑。拖拉机头很沉，我又压不住，不时被翘起的扶手掀翻在地，满身的尘土和油污。这一科考试是我中学生涯的惨痛记忆，怎么补考都过不了关。但除了这一科目，我没什么惧怕的，我们非常同情老师们在大字报中"揭露"的修正主义教育路线时提到的师兄师姐们，他们太苦了，与他们相比，我们简直是天堂中的生活，几乎在游戏中，就快乐地度过了中学时光。

我曾不止一次地对我的学生讲述过我的学生时代，并让他们在我与他们的学生生活间做出选择，他们几乎一边倒地选择了我。我知道这样的选择不过是个玩笑，但并不是一点问题也说明不了。除了"学习"的轻松，没有考试升学的压力外，知识的性质与形态也是个问题。用我们上面提到的那个带有经院哲学的什么是有用与无用的知识的辩题来说，现在的学生学的多是"无用的知识"，不似我们当年，知识基本上是实用型、应用型的，并且是活泼泼原生形态的。

但这显然不能说是正确的。如果留心一下，在科学史与知识论上，许多学者已经对知识的有用与无用做出了不刊之论，看上去与生活脱节的知识恰恰处在知识的上游，抽象的知识因其概括而成为基础，是应用的前提。许多人文知识，比如唐诗宋词，比如《论语》《庄子》，有什么用？但它却关乎我们心灵的涵育与精神的成长。何况，有用与无用是相对的，可以相互转化的。回首往夕，我的那些知识几乎都变成了真正的无用的东西。

我对我的学生感慨道，你们真是身在福中不知福啊。

从小爱科学

有一个游戏人们从小到大都在做，那就是人生假设，小时候假设未来，"我长大后做什么"，长大，或者老了则说"假如生命可以重新开始我想做什么"，我现在大概到了经常回答第二个问题的时候了，但答案和小时候一样，做一名科学家。

这大概与我小时候读的书有关。我小时候读书很杂，文学书、生活书、科学书、历史书，有什么读什么。如果硬要说自己最喜欢的书，那还是科学书籍。因为它最能满足一个少年对未来、美好和神奇的想象，同时它又能回答我们对许多现象的疑问。有两本书我现在印象还很清晰，一本是《科学家谈二十一世纪》，那是一本图文并茂的科普作品，作者都是中国享有盛誉的科学家，如钱学森、谈家桢、李四光……现在想来，我很为这些科学家感动，因为那是一本为孩子们写的书，谈的是科学在未来还能为人们做些什么，当年科学家们的不少想象和展望今天都变成了现实，当然，也还有许多依然停留在猜想阶段，或者已经被否定了？我记得不知是哪位交通或船舶学家在书中为我们设计了未来的船，那船是长了腿的，它能在江河湖海里迈开长腿，踏浪而行。科学家们的文字让人感到十分亲切、和蔼，甚至，有一种孩童般的天真和兴奋。他们在为明天写作，为小朋友写作，也是为了心中向往的美好的人类生活写作。另一本书，准确地说应该是另一套书是《十万个为什么》，这是一套普及版的科学的百科全书。真不知道它的那些问题都是从哪里收集来的，它讲述了那个时代发生在我们这个世界上的事和环绕我们生活中的奥秘，并教导我们该如何科学和健康地生活。可以毫不夸张地说，从自然现象到生活琐事，没有什么它不去解释和不能解释的。在那个时代，它成了我们的生活指南，是万事通。有什么不懂的，大人就会说，去看看《十万个为什么》是怎么说的。

科学实在是有趣的，不管你是不是从事科学技术工作，阅读一点科技类的书总会给你带来愉快。正是因为自己的经验体会，当女儿能读书以后我就为她买了不少科普类的作品和科学史方面的书籍。特别是小时候读过的并给自己留下美好印象的更是要不厌其烦地推荐给她。比如《文明与野蛮》《发明的故事》等等。这些书会告诉人们文明而科学的生活是如何建立起来的。不要对生活中的一些普通的事物看不上，我们生活中的许多习焉不察的事物都来之不易，甚至曾经给人类带来过革命性的影响，万万轻慢不得。我们不说电，不说铁路，不说蒸汽机，更不说互联网、计算机，就说城市排水系统，也就是城市的下水道是怎样设计铺设的，什么时候开始的，没有它，城市是什么样子？如果没有排水系统，城市多么肮脏，甚至，城市就不能生存。在没有排污系统的古代城市，每户人家都要挖一条排水沟，长年臭气熏天。在古代欧洲，曾经有位皇帝因为楼板不牢，掉到了下层臭水沟里差点淹死。当然，与此相关，厕所的发明也非常了不起，它大大改善了人类的生活质量。据说一直到中世纪的时候，欧洲的大都市巴黎还是随地便溺的地方。再比如说拉链又是怎么发明的？拉链，这是再小不过的东西了，但夸张一点说，它的发明也使人类的生活发生了划时代的变化，原本需要反复捆扎、反复钮锁、缝连的东西现在只要"刺拉"一下就成了。而且，这个小工具一直在改进优化当中，用途也越来越广。据说，现在拉链在外科手术中已经普遍使用，比如为了特定需要的人体开放，像定期更换人工心脏起搏器的电源以及其他植入的医用耗材等等。

可惜我没能成为科学家。但是，早年的阅读使我对科学一直心存敬畏，至于将科学理解为一种方法，而且，它与人文科学，与文学也并无想象中的壁垒那已经是我开始理论研究以后的感悟了，但又怎么能说这与少年时的启蒙没有关系呢？

偷　艺

书有有字书，有无字书，历朝历代，都有名师硕儒提倡读无字书的，所谓山川草木即文章，凡有人处皆有师。这样的话没有一个少年不认同，比起坐在学堂里念那些有字书，他们更愿意野在外面去读那些无字书。

我的少年时代都跟谁去读那些无字书?是那些走街串巷的手艺人,也就是韩愈先生在《师说》中推崇的"巫医乐师百工之人"。我对他们的尊敬和崇拜可能与我的祖父有关,他好像并不关心我要不要念书,但对手艺人却倍加称赞。他为我树立的榜样不是什么古代圣贤,而是我们那儿四乡八里的能工巧匠。是啊,念书有什么用呢?肩不能挑担,手不能提篮。然而即使是荒年,手艺人也不会挨饿。后来我看南斯拉夫电影《瓦尔特保卫萨拉热窝》,那个修钟表的游击队的地下工作者叮嘱他的徒弟:"孩子,好好学手艺,一辈子都用得着。不要虚度人生。"我一下子就想到了祖父的话,我惊讶地发现,中国和外国在这个问题上看法是如此的一致。

当然,如此看重手艺人主要是他们在人们日常生活中的地位。在工业化产品还不普及,价格又不便宜的年代,人们宁愿使用手工业品。但即便相对便宜,置办一些手工业品如做几件桌椅,编几样竹器,织几匹布仍然是家里的大事,要列入家庭年度财政预算的,要不就是家里要办大事了。在我老家,为生产这些手工业品,通常都要将匠人请到家里来,管吃管住好几天。比如织布,先是祖母成年累月地纺纱,一有空,祖母就坐到纺车前,等纺到一定数量的纱了,我祖父就会去请织布的到家里来,我们那里称他们叫"机匠"或"织布匠"。机匠要在我们家住好长时间。家里在堂屋间腾出好大一块地方,因为要放置那台很高大的织布机。从此,太阳一出,家里就响起了《木兰辞》里的"机杼声",那声音很大,乡邻们听到了,就会说哪家织布了,语气里充满了羡慕。布织好了,还要浆,在沟渠里,撑起支架,晾上布匹,用熬好的浆水去刷,再晒干,就可以用了。如要着色,做衣服,那还得到染坊和裁缝店去。知道了这布的来历,还真舍不得把衣服弄脏弄破。

再比如请木匠,也是家里的大事。当然,这同样要做好准备,说远了要从栽树开始。在我的记忆中,祖父好像从来没有在外面买过木头,木材都是自家屋前屋后长的树。榆树、桑树、苦楝、柞榛,有好多树种。十年树木,这些树要长成材很不容易,我常常看到祖父在树旁转悠,打量着树的大小,满眼期盼的神情。树大了,家里要置办家具、农具,得先把树放倒,砍去枝叶,然后放到河里浸泡。直到树皮烂了才捞上来,去皮,把它们堆放在屋里的墙角处阴干。被水浸泡过的树干有一股怪味,等到哪天这味道去掉了,木头也就差不多干了,可以用了。到了农闲,祖父把木匠请来。木匠一请就是一个班子,大师傅、二师傅、大徒弟、二徒弟……请什么木匠,要看你做什么。有盖房子的,有做家具的,工钱最贵的是"细料木匠",就是做细活的,比如打八仙桌、太师椅、梳妆台等等。这些家具结构精巧,榫头复杂,雕龙刻凤,需要高超的手艺。好的"细料木匠"已经近于艺术家,他们不但会按师傅传下来的图样雕刻,还会自创花样。那些精美的家具都是一些艺术品。我们家打过一张八仙桌,先来了几个小木匠,拉了几天大锯,把料备得差不多了,大师傅才来,那气度,就是一大师。其他的木匠跟在后边,细声细语,唯唯诺诺。大师傅的工具就让人开了眼界，稀奇古怪，琳琅满目。我没见什么图纸，大师傅一个小构件一个小构件地做，到了最后让小木匠去组装，对缝合榫，分毫不差，少年的我在一旁真是佩服得五体投地。人生还须什么理想，理想就在眼前，做一个这样的"细料木匠"！

因为要上学，我后来跟父母到了小镇上。小镇上的手艺人和乡下一样多，如金匠、木匠、篾匠、铁匠、铜匠、箍桶匠、剃头匠、瓦匠、裁缝、修锅的、锔碗的、鞋匠、钟表匠……但与乡下不一样，他们大都在街上摆摊。我一放学就到街上去看。我实在喜欢锅匠的那个小炉子，几乎天天到他的摊子前，有时蹲到天黑。补锅的很沉着，慢条斯理的。每天早上挑着担子到他的摊位，把家什一一摆好，然后，升起小炉子，将一块一块的锅片砸碎放到一个小小的泥做的坩埚中，放到炉里，盖上盖子，然后慢悠悠地拉起风箱。好一会，铁片熔成了红红的铁水，他用一个也是泥做的小匙子勺起铁水，放到洒着一层厚厚的草木灰的布垫子上，铁水像颗珠子一样在垫子上滚动。他一只手托着垫子，一只手拿着沾着泥水的布捻子，将铁水珠子对着要补的锅子的小洞，用捻子一按，稍停一会儿，铁水就凝固成一个小圆疤将洞封住了。再用砂皮仔细打磨，锅就补好了。

也不是所有的手艺都可以在街上做，比如钟表匠、金匠和裁缝。这些是精细活计，耗时又长，而且不能有灰尘，必须有固定的店铺。我的一个同学的父亲是一位金匠，就是打造和修理金银首饰的。我到他家去看过，具体怎么做已经忘了。只记得他的操作台上有一块大木头，木头上有火，他戴着一个筒状的放大镜，用一个弯曲的管子对着火苗吹，呼呼的火苗把镊子上的戒指烧得通红……

看得多了，难免手痒，就把家里的东西拿来修补，没有坏的就把好的弄坏。首先遭殃的是闹钟，母亲现在还时常说起。兴许是她记错了，兴许是夸张，她说我拆掉的闹钟有十几只，家里的拆掉了就拆邮电所的，但是没有一只能再装起来。那修锅的看我天天去陪他，有一天他竟送我一把小榔头。那种小榔头是修锅的特有的，小得很，一头尖尖的，是为了敲锅子。发现锅子坏了是从它漏水开始的，那只不过是一些对着亮光才能看见的小沙眼。补锅的就用这种小榔头将那沙眼敲成小洞再补。我激动得不得了。但一只榔头是补不了锅的，我也不敢把家里的锅子敲破。后来想起锔碗的人常常给人家在碗上凿一句"大海航行靠舵手，干革命靠毛泽东思想"，就用小榔头在妈妈上班的邮电所的青石台阶上敲了一行字："大公公社邮电所"。

大公公社现在改成了大公镇，我前几年还去过，早已面目全非。但那块青石板一定还在某个地方，它镌刻着一个少年的手艺梦。

书房的秘密

我给自己收拾出一个书房大概是20世纪80年代初期。喜欢书，喜欢买书，又是个读书教书的人，没有个书房怎么也说不过去。我现在已不大提自己的书房名了，但许多朋友和学生都还记得，因为我常常在文章后写上"某年某月于二人转书屋"。

二人转书屋，这就是我给自己的书房起的名号。那时还没有小沈阳，那时人们还不知道赵本山，那时起码南方的人们还很少观赏二人转这门东北民间曲艺表演。但我居然借用了这个名儿。记得在回答朋友问为什么起这个名时我曾有一段半文半白、自嘲嘲人、讽己讽世的文字，大意是说自己房子逼仄，左腾右挪隔出半间书房，只能容一人一几，所以也只能一个人在里面读书写作，夫妻两个（不幸的就是我们两口子都端着读书的饭碗）都要用时简直要抛硬币，要用锤子剪刀布来决定，恨不得打架。二人转就是这个意思，两个人都要用书房，怎么办？"转"着来，这就是我们的"二人转"。后来不曾想到不但二人转火了，赵本山红了，连小沈阳都"疯"了，我就不大用那名了，因为有跟风傍星之嫌。

虽然不大用"二人转书屋"了，但书房还在，而且越来越大。虽然早已从小县城出来，但当年在小屋里隔出小书房的记忆还在，每每看到搁在书架上自己写的书房匾额，那个简陋不堪的小书房就会浮现在眼前。几个小书柜一围，仅容一人侧身而入，窗前搁着一张书桌，窗外树影婆娑，绿意盎然。深夜将台灯关了，月光便泼洒进来，真如水银泻地。小城夜晚的那种静谧现在是怎么也找不见了。那时候，疲乏了，心烦了，在小书房里坐一坐，喝上一杯白开水，便什么都忘了。

这大概才是书房真正的好处。书房的功用是什么，书房的性质究竟是什么？说是为了放书，读书作文，这种解释当然不错，但哪里不可以放书呢？又哪里不可以读书呢？有人还说马上枕上，甚至说马桶上最好读书呢，所以，读书人为自己弄个书房的真正用意并不在此。有一间书房，便与世俗、繁杂隔开了，有了一块清静的去处。在教育并不普及的过去，识字断文是为文人这个特殊的阶层所掌握的，辟一间书房，便有了自己拥有特权的地方，所以，放不放书，读不读书，这并不重要，关键是有了一间自己的屋子。

能有一间自己的屋子，古今中外读书人是相通的。卡夫卡说："我经常想，我最理想的生活方式是带着纸笔和一盏灯在一个宽敞的闭门杜户的地窖的最里面的一间里，饭由人送来，放在离我这间最远的地窖的第一道门后。穿着睡衣，穿过地窖所有的房间去取饭，将是我唯一的散步。然后，又回到我的桌边，深思着细嚼慢咽，紧接着马上又开始写作。"对独处的爱好可以说已到了病态的地步,这景象实在像一个思想家在坐牢。不过,卡夫卡的这个梦中之地好歹还可以冠以书房之名,而中国的苏青只说"自己的房间"。她的《自己的房间》一文开头一句话单独成一节,很是醒目:"现在,我希望有一个自己的房间。"她接着说道:"我的房间,也许狭小得很:一床,一桌,一椅之外,便再也放不下什么了。"一个读书写稿子的人,居然不在自己的房间里放几本书!因为她的理想不在读书写书,只是"让我独个儿关在自己的房间里听着,看着,幻想着吧!全世界的人都不注意我的存在,我便可以自由工作,娱乐,与休息了。"

所以,书房实际上是一个特别需要的一个私人的空间。在这里,固然可以读书写作,但更多的大概是调适心情。读书人心情不好了,大都会去书房的。戏里经常有这样的场景,老爷拂袖而去,进了书房。所谓闭门谢客,也并不是关了大门,而是书房的门。现在电影电视里夫妻吵架了,丈夫(为什么是丈夫?妻子大都摔了卧室的门以被蒙面,但功能是一样的)也经常奔到书房,把门一关。这种情节我以为并不是绝对虚构,如果我爱人指着关着的书房门对女儿说,嘘,爸爸在书房。我家女儿必定立刻蹑手蹑脚,大气不敢喘,因为她知道,爸爸生气了。

现在,人人都读书,处处可读书,好像不再需要刻意弄个书房什么的,但我还是强烈建议每家都置一间书房,不但放书,还有涂上颜色,配上音乐,就像那种心理治疗室一样。压力这么大,矛盾这么多,有这么一间屋子,坐进去,按摩按摩神经,多好。

审美的慢阅读

不管你愿意不愿意，习惯不习惯，只要你想获取信息和知识，就不能不依赖网络，换句话说，网上阅读已经成为人们主动或被动的阅读方式。

因此，现在已经不再是讨论网上阅读可能不可能的时候了，也不需要去比较网上阅读与传统阅读或纸质阅读的优劣了，因为你几乎没有选择的余地，那还有什么优劣可言呢？对于普通读者来说，这样的话题已经不在他们考虑的范围，它已经进入阅读学与阅读史的研究领域了。我确实很希望在这方面能出一些成果，摆脱经验层面，深入到文化、心理、知识的内部，不要还在什么方便、快捷、环保上兜圈子，而是对这新阅读方式如何改变生活，如何改变知识，新的阅读方式与传统的阅读在心理上的区别，甚至在接受肌理上的差异等方面给出学理上的描述。

就我个人而言，我确实非常矛盾，所以我才深切地感受到对阅读方式的选择是与年龄、教育和技术条件相关的。像我们这一代以及更老的人群，显然更习惯于纸上的阅读，我对女儿一天到晚捧着一个阅读器很不以为然，我说这样阅读怎么做学问，怎么做卡片，如何做记号，随时写下自己的阅读心得？但网上信息量确实很大，查找也方便，我也会上网阅读，但主要是浏览新闻和找资料。比我们年轻的人显然更偏爱网上阅读或电子书，这与他们学习与成长的环境有关。这是代际区别，也是文化差异。当然，年轻是未来，是主流，他们的网上阅读自然也是阅读的主流。然而，这也必然带来另外的问题，那就是主流对他者的歧视和压迫。我时时感到自己的落伍和老旧，这种落伍是实实在在的，因为作为一种技术与手段，网络阅读更具效率，这使依凭纸质阅读获取信息的群体处于落后的状态。要么，他们的言说是过时的，要么，就是信息量过低。当然，从这个角度看，被压迫的不仅仅是我们这些从身心与能力跟不上的人群，还有因为经济、环境和分工不能拥有这些技术与设备的人群，比如贫困者。相比起传统阅读的时代，他们被知识抛弃的可能性更大，与信息的不对称性更严重，这可能是被这个社会忽视的新的阅读问题，同时也是文化与知识权利上的不平等。

我记得去年夏天在北戴河听王蒙先生谈到当前的阅读状况。王蒙先生虽然年事已高，但他的心态一直很年轻，不过在阅读问题上，他对网上阅读和电子阅读却忧心忡忡。他的观点是，快速的阅读不利于深入的思考。看上去读得多，读得快，但"上心"的并不多。长此以往，我们的文化都会变得浮泛和肤浅。如果将微博也看作是阅读的话，那问题更多。字数的限制使得表达与接受都直接面对结论，过程都没有了，那会不会影响我们的思维能力呢？

我以为王蒙先生的忧虑不是杞人忧天。看上去我们是在讨论阅读，其实，不可避免地必然要说到时代的变迁与社会的选择。不仅是阅读，这个世界就在追求速度与效率，崇尚技术与工具，什么都要"走量"。这就必然会放弃或牺牲许多东西，比如深度、心灵、情感和文化的积累。当然，这么说不是要批判和拒绝网上和电子阅读方式，事实上也不可能，而是我们是不是在接受这一趋势的同时能以宽容的态度容纳另一些方式，在追求速度与效率的同时承认"慢"的权利，在功利和工具之外关注心灵、思想与情感这些"没用"的东西？毕竟，我们已经开始认识到发展并不能解决所有的问题，为了利益，我们牺牲得太多了。所以，我建议从生态主义的立场来对待阅读的选择，像对待遗产一样对待传统的阅读。也正是基于这样的认识或经验，我私下里是这样划分网上和电子阅读与传统或纸质阅读的，我称前者是实用的功利的快阅读，后者是审美的慢阅读。至少在目前，面对机器的阅读还未能成为美学的方式，而纸上的阅读则在功利与审美上具有自由的选择性。至少这是我在阅读生活上的安排和选择，我在工作时不得不趴在电脑上忙碌，当我需要放松，或者想沉静下来放纵自己的思绪的时候我会拿起一本书，随随便便拿起一本书，世界会安静下来，我从机器与技术的绑架中解放了出来。自己书架上的书总与人和故事相关，书上的随记，哪怕是些痕迹都可能让我回忆起旧时的场景，何况，还可能有茶，有酒，有轻风与白云……

远去的植物

再一次打开《诗经》时,我十分惊讶在以往岁月里对它里面那么多蓬蓬勃勃的植物竟然视而不见。单《国风》一百六十篇,涉及的植物就达百余种,"诗经"时代的诗人们大多从植物开始他们的抒情:"采采卷耳,不盈顷筐,嗟我怀人,置彼周行。""南有樛木,葛藟累之,乐只君子,福履绥之。""桃之夭夭,灼灼其华,之子于归,宜其室家。"……比兴之说我以为不过是老儒们的附会,我宁愿认为没有植物就没有"诗经"时代诗人们的歌唱。遥想"诗经"时代,水草丰茂,树绿花红,植物构成了人们的日常生活,"人面桃花相映红"绝不是一种联想,而是两者近在咫尺的真实风景。那种人与植物的关系是我们所不能理解的,《东门之枌》写了一位怀春少女放下手中的纺织活儿,来到南原的榆树下,与一位男青年翩翩起舞终得所爱的故事,诗的第三节写道:"穀旦于逝,越以鬷迈。视尔如荍,贻我握椒。"这样的场面真让我意外,我们会把姑娘比作红葵花(荍)吗?我们的情人会以赠我们一把花椒(椒)来表达情意吗?

这大概不仅仅是民俗学意义上的隔膜,而是作为整体意义的"诗经"时代的植物,尤其是植物与人的关系已离我们十分遥远,不可再及。在反复咏诵《诗经》的日子里，我悲哀地发现《诗经》里的植物我大都无法指认，连想象力也无济于事，蕨、朴楸、蓁、蒉、苓、茹、枢、栩、杜、防、苌楚……谁能准确而有自信地告诉我这些植物到底是什么呢？它们当中哪些正生活在我们身边呢？可惜后世的注家纵然旁征博引，也大都闪烁其词，似是而非，只能约略而言之。

在"诗经"的时代，几乎没有什么植物不可以进入诗歌、不可以抒情，像麦、稻、禾、茅、栗、漆、荼、艾、蒲、棘、桐、梓、榛、藻……后来的诗人已很少提及了，后代的诗人们的植物拥有量每况愈下，他们拥挤在梅、兰、松、竹、菊等几种有限的植物里，而且，经过他们反复的描摹和咏唱。这些植物早已不复是植物，而只是一种想象性的存在，一种人文意指的借代罢了。

关键在于"诗经"的年代人与植物、与自然的同一，他们就生活在植物之中，他们如鱼儿一般在植物的海洋里穿游不息，他们耕作于植物之中，结庐于植物之间。而后代的诗人们却因为雕栏玉砌和金丝玉帛隔断了与大自然的联系，植物作为意象的存在只能是某种臆想，偶尔的徜徉山水也因为长久的疏离只能与植物怅然相望而不能欣然和答，作为补偿，诗人们通过移植的方式，使一部分植物来到楼阁庭院，它们只能生长在后花园，只能在杯土之中，而且，这样的植物只能是很少一部分，因而除了梅兰竹菊，确实不能让才子们再吟绘什么了？

其实，我们是不配嘲笑《诗经》以后的才子们的，他们还可以拥有自己的庭院，拥有自己的后花园，甚至拥有自己的山庄，而我们却被一步步赶至四壁水泥的高层建筑之中，只有在节假日，才能挤到公园，越过摩肩接踵的人群，向点缀在假山乱石之间的植物投去匆匆的一瞥，或者从花店中购得一支两支插在瓶中，或者干脆置办一些或塑或绢的模型聊以自欺。有关植物的词语正在从我们的言谈中消失，而诗歌中，就更难找到植物的姿影了。

合上《诗经》，我想，我们会有重返植物世界的那一天吗？

想象的极限

楚辞的时代与我们已经相当遥远和隔膜了，崇尚轻松、享受，同时又被时间安排得滴水不漏而不得不务实的人们已很难进入那片诡谲、艳丽、云蒸霞蔚、人神共舞的想象空间，尽管现代高科技已加入到艺术的制作领域，但技术的精细仍然不能挽救，而且恰恰相反倒在加速人们想象力的萎缩。想象力的钝化是审美沙漠化的最为显著的标志。

我承认我重新走进楚辞是花了相当的功夫的，它是中国汉文学想象文本高不可及的范本，我甚至怀疑，屈原以及他的辞作品已臻于想象的极限。

想象有极限吗？这种绝对的说法显然是冒险的，从常理上讲，想象是无边无尽的，它不是一个封闭的空间，它没有预设的疆界，它是由一个点向无数方向发射的直线，永远不可丈量。但是理论的说明是一回事，若是代之以经验的比较则又是一回事，从远古神话，到庄子寓言，到楚辞，到汉魏志怪，到李白诗歌，到西游记，这大致构成了汉语写作想象的一条锁链吧？是哪个环节代表了想象的极致呢？是庄子吗？格局太小，想象只是他理喻的一个环节，缺乏长度；李白亦是如此，在想象的田径场上，李白是个短跑的好手，他有相当的爆发力，却不是个有耐力的长跑家；是以《西游记》为典型的小说家言吗？那大抵是人间万象的符号化复制，与其称它为想象，倒不如说是写实。只有屈原，在相当长度的一以贯之的时间和空间里放飞了他想象的精灵，他驱动了他所能耳闻目接的事物和形象以及所有记忆中的思想和储备。读过《离骚》的人大都会对其杂糅了神话传说、历史人物和自然现象的幻想境界留下难以忘怀的印象，诗人朝发苍悟，夕至县圃，他以望舒、飞廉鸾皇、凤鸟、飘风、云霓为侍从仪仗，上扣天阊，下求佚女，云霞明灭，电闪雷鸣，让人心驰智迷，他以《九章》《九歌》的精巧与美丽，《天问》的金属般的穿透力令人慑服。如此的想象似乎难以找到合适的语言载体，后人对楚辞的语言方式提出了很多看法，而我宁可认为它也是诗人想象的产物，那种奇妙的话语方式自屈原之后便湮没无闻了，后代的效颦是那样的整饬而又软弱，再也感受不到屈原手笔巨大的想象之翅所刮起的雄风了。屈原的想象便是如此，它不是外在的和修辞性的，它就是它自己，是本体，在世俗生活中失败的屈原从想象中获得了胜利，屈原的后期本身便是想象性的存在，想象构成了屈原的全部生活。

我就是在这个比较的基础上认定屈原的想象成为一个高度，或者说他创造了一个"记录"，一个我以为至今后无来者的记录，汉语文学自屈原以来已两千多年了，然而那个高度和记录依然在那儿，它似乎是永恒的了，那么可不可以说那标志着想象的极限呢？

可是，话题还有另一面，我时常冥想处于那个高度的屈原，那个处于极限状态的屈原，并不仅仅是后来者无法达到屈原的高度，无法超越这个极限，它同时也包括屈原本人，当屈原一旦达到这极限而又不能超越时，他的想象就不可能再是上升的直线了。我从屈原这里发现想象是一种弯曲的而非直线的运动，那是一种类似"抛物线"的运动，当屈原的想象到达他不能再及的高度，他面临着两种选择，一是下跌，二是静止（保持记录），使自己处于那个静止的顶峰，那便是一个抛物线的相对静止的顶端的线段状态。毫无疑问，静止意味着重复，这在一个偏偏以创造想象为生命的作家身上，可能吗？可能的。到这里，我们便得到了想象的两个极点，一个是作为高度的极点，一个是不可能再予突破的极点，如果屈原不想下跌，那就只能在这个极点上跳舞，永不停息地跳舞，一旦停止，便会下跌，屈原在这个高度上的想象往往就不可避免地以想象复制想象了。当我翻完屈原的《楚辞》时，这种推想得到了证实，尤其是将语言方式也看作是其想象的方式时，那就更毋庸置疑了，从意象到句式，从发动想象的心源动力到凝成结果的话语文字，我们时时看到相似重叠的影子。我在《九章》中读到相当多的《离骚》里的话：如"行直而不豫兮，功用而不就"（《惜诵》）不就是《离骚》里的"曰婞直以亡身"吗？"日昧昧其将暮"（《怀沙》）不就是"日忽忽其将暮"吗？"搴长州之宿莽"（《思美人》）不就是"夕揽中州之宿莽"吗？……至于"乘骐骥而驰骋兮"（《惜往日》）与"乘骐骥以驰骋兮"就只是一字之差了。甚至就在《离骚》内部，也竟然出现了这类现象：如"朝发轫苍悟，夕余至于县圃"与"朝发轫天津兮，夕余至乎西极"，"折琼枝以继佩"与"折琼枝以为羞兮"之类……这是一个源于想象力却不仅仅是想象力的问题了，想象力构置了作为整体的已成作品，当一个人不愿或不可能突破原有的想象时接下去的写作便只能哪怕在具体的语言制作上因袭原有的作品，原有的作品成为一个处处设伏的隐蔽电网，其后的语言之路总是防不胜防地跌进机关形成交叉后的"短路"，从想象力到具体的写作，这是一个牵一发而动及全身的连锁反应。我不知道屈原自己是否意识到了这一点，这实在是徒唤奈何的事情。屈原将自己逼上了绝路，他无可退避，想象的极限便是写作的极限，真是高处不胜寒啊。

不过，这依然是伟大者的痛苦，是后人尤其是现代机械复制时代的写作者无法体验到的痛苦，现在的情况是，复制大量枝蔓，但唯独没有了想象。

华丽不再

之所以从众多的有关风格的形容词里捡出"华丽"是因为汉赋的缘故，我不知道这个词能不能称之为一个"概念"，比如，它是不是禁得起追问"什么是华丽的风格"，但当我重读司马相如的大赋时，确实感到唯有华丽才殊几可当，它包容了我对长卿之作阔大、高贵、艳丽、典雅、辉煌等等众多的感受。

为遵读其书知其人的古训，我翻阅了司马迁和班固为相如做的传记，再次感到文如其人这句话的简捷准确，我十分惊讶后代文人对司马相如何以有那么多的诋毁和嘲讽。司马相如有着高贵的血统，从小受到良好正规的教育，心气高傲，慎于交友，从司马迁的记叙中可以看得出这是一位在当时十分令人仰慕的人物，传记中描写司马相如出入交际场的场景让我神往不已，他的姿容、他的才情、他的风度、他的气质令每一位到场的人倾倒。谈到司马相如，他与卓文君的故事似乎不可回避，在这一点上，我同样不满意后世文人喋喋不休的鼓噪。不管是猥亵的攻击或俗气的赞赏，他们都未能在根本上，从美学上给这家喻户晓的故事定位。故事是由"琴"引发的，以相如之学养和传统，这琴绝非郑卫之声、濮上之音式的"流行"与"通俗"，而是艺术品位高雅的严肃音乐，因为他所直接面对的是上层贵妇，而遥遥相对隔窗而听的也绝非村野之姑，市井之妇，卓文君是一个有着精深的艺术修养尤其深通音律的贵族妇女，说到底，司马相如与卓文君的相遇不过是几百年以后的又一次"高山流水"事件。而其后的发展则更加富于诗意和浪漫气息。文君当垆引发了我许多美好的想象，长卿和文君用勇敢和机智赢得了爱情和财富，司马迁简于叙事，而实际上这是一个多么复杂又包含了多少细节的故事，我以为，司马相如简直用自己真实的生活预演了一出莎士比亚式的东方贵族喜剧。

也只有司马相如，才能写出《子虚》《上林》，那样的夸饰整饬、铺张扬厉、踵事增华、流光溢彩，他的见识、他的趣味，使他能有那样的气度和笔力去精确地摹画那一幅幅宫廷生活场景。可惜在汉以后再也不能拥有这样的作品了。

华丽不再。

华丽何以不再？岂止是不再的问题，我不但看到对长卿诋毁的文字，我还看到后人对汉赋诸多的贬损，也就是说，我们不但不能再度拥有汉赋式的作品，而且，连已有的也不能欣赏。这才是真正令人怅然之所在，汉赋式的华丽一直未能堂而皇之地跻身而入中国文学艺术的风格之林，而且，只要稍事涉笔，如六朝文、晚唐诗、南宋词，便会遭到围追堵截。在本质上，华丽是属于宫廷和贵族的，但在中国，似乎就未曾有过真正的宫廷和贵族，比如，我们就没有独立的宫廷和贵族艺术，这一点是我们与欧洲文化的重大差别，我们缺乏达·芬奇的绘画、米开朗基罗的雕塑，缺乏但丁、弥尔顿、歌德式的诗歌，瓦格纳的音乐和拉辛的戏剧。而这些都正是华丽艺术的典范。讨论这种差别是复杂的，表面上看，华丽似乎首先与物质生活有关，首先是一种经济可能，然后再是一种生活方式和艺术趣味，不知是何种原初的精神支配，使中国伦理和美学在先秦的中国思想之发轫期便倡导质朴、无为和平淡，作为正宗，它强有力地压抑了人的生活欲求、感官享受，自然也压扁了人们的审美趣味，因此，即使在物质许可的前提下，人们的生活和审美也无法统一，而处在悖反的情况下。

现在，我们回过头去看一下，对华丽的抑制所导致的后果大大超出了人们的想象，它带来了我们文化上的一种失衡，因为，华丽不仅仅是一种生活方式，一种艺术风格，更是一种精神境界，它是豪迈，是磊落，是自信，是坦然，是光明，是美好，是乐观，是开放，是气派，是丰富，是幻想，是激情，是高雅……我们的文学是不是缺少这样的富于装饰味的气象华丽阔大的东西呢？我们是不是朴素太多，纤弱太多，平淡太多呢？因而我们是否要认识到自己的匮乏、苍白和猥琐？

因此，我提倡贵族精神。对贵族精神，我们已讨论得没有兴致再讨论了，对于缺乏贵族传统的国度去倡导贵族精神确实难度相当大，关键是没有那种精神的滋养和传承了，因而即或有贵族，也是假贵族、伪贵族，而没有内在的丰富。事实上正是这样，我们的时代正"滋补"出一批贵族式的人物，居有屋，食有鱼，出有车，号称白领作家、小康作家，生活上公然争奢夸华的大有人在，然而，也就是这些贵族作家们却在精神上表现出营营小人的做派，倡导时俗，欣赏"痞子"，拒绝崇高，一批批炮制有情无情的抒情小文……

让人不得不遥想司马长卿呵，他的人，他的赋，在我的眼中，他是真正的贵族作家。

读闲书　说娱乐

　　双休日的问题现在不少人都在讨论，记得马克思曾经说过类似的话，即闲暇日的多少是衡量一个社会文明的尺度。如果仅就量而言，当今的中国似乎可以自豪地感到现代文明的迎面之风了，社会的都市化，尤其是媒介科技的发达，使人们有了足够多的空间与手段去打发因生产力的发达而过剩的时间，影视、卡拉OK、舞厅、健身房、溜冰场、游乐场等等的兴起将人们大量地吸附和吞没。从表面上看，人们享乐的机会是多了，但作为悖论的是人们一方面在参与这样的娱乐，一方面又在这娱乐之中同时感受到无聊与寂寞、单调与疲惫，而为了驱赶这些负面的感受，又不得不加倍地更疯狂地投入到这种娱乐中去以至造成了恶性循环。于是，清醒地处于现代娱乐边缘的人们开始反思，有些问题几乎已形成共识：现代的娱乐已经越来越物质化、技术化，在娱乐活动中人的主体性正在丧失，娱乐的本质本来是人们从物质化的被动的功利的生产活动中解救出来，自由地展示自己的身心，以求得心理的放松，而一旦身心被搅入紧张的对抗之中把主体的自由交给技术，如电子程序，这实际上是对娱乐本身的反动；现代娱乐的又一特征是自我的重复或对他者的模仿，娱乐的新奇与创造性受到极大的限制，最为典型的便是卡拉OK，表面上看，卡拉OK鼓励自我"主动"表达和所谓的自我参与，然而，这种参与却又是对预设程序的服从，你只能唱别人的歌，你只能听任不同质量和型号及效果的音响摆布，你尽管不喜欢屏幕上的画面，你尽管想表达你对某首歌的理解与处理，但你却总是无能为力，自我被预设的程序淹没，他者与自者更无区别，在娱乐中毫无自己的面目。再者，现代的娱乐越来越趋向于公众化，舞厅、游乐场，包括旅游，无不如此，到处人头攒动，摩肩接踵，娱乐本来有从公众化活动退守的私性功能，而这一功能因居住的环境和社会化分工及管理而被剥夺殆尽，再加上现代教育的专业化和功利化，使人们也越来越丧失了自我娱乐的潜能与可能性。

这些都是需要花费精力去细细思考的。之所以触发这样的念头是因为读了几本闲书的缘故，这几本闲书现在看来已带有点整理国故的味道了，它们谈的大多是中国古代娱乐文化的，然而，相对于现代的实践性娱乐活动，只能是纸上谈兵了，有谁还懂得它们并将其视为真正的娱乐呢？钟鼓管弦、斗草藏钩、纹枰论道、园林幽趣、再到书画，到百戏，到金石，到博物，到藏书，到品茗，到花木，到山水，有的大体散失，有的不用说现当代，恐怕自近代以降也早已公众化、功利化、商业化而变了味道。

我由此想到汉民族源远的娱乐文化，我指的不是技术或操作层面的，而是观念层面的。说起来也许有些许的惊讶，对娱乐的理解，即或对我们这个素以劳作为荣的东方古国，对这一个即或拼命劳作也难济温饱的东方古国而言也不乏传统。说娱乐是一种文化，就在于它根于人的欲求，就在于它是一种文明的累积，孔子当年就很喜欢并倡导娱乐，而且就娱乐特地为学生开了讲座，给娱乐定了位、划了等。也就是孔子，可能较早地给中国汉文化的娱乐定了性，给予了特殊的规定，即它的审美、温和、智慧及与天道人道不悖的原则。传诵至今的论语名篇《子路、冉有、公孙华侍坐章》便是孔子与学生关涉"娱乐"的一次相当开明的讨论，从文中可以明显地看出老师与学生的差距，当孔子询问各人的生活理想时，学生们按惯常的思维各呈其想，大都是老调重弹，重申经国治民的大事业，孔子最后说的那番话显示出这位大师的高蹈风神，说白了，孔子的理想就是能从日常的政务劳作中有所解脱，偷得浮生半日闲去做一次浪漫的春游。在孔子，这种关于娱乐的想法与他的其他看法联系起来，绝非是一次偶然的遐思，而是关于人的生活的最高理想的憧憬，千载之下，诵经者多矣，又有几个能真正体味到孔子的真意呢？

　　只有在娱乐的过程中，在游戏与审美的过程中才能体会，也才能真正把握住生命的本性，这时，生命，包括自己的身与心，都得到了真正的解脱与放松，它们不再是工具，它们自身成为目的，在娱乐中，在游戏中，人的全部的感觉都得以解放，这才是属于人的生命的真实之所在。所以，魏晋人才会有那么多有关娱乐的奇思妙想，即便是生活有那么多的播迁，政治有那么多的黑暗，而人们依然那么顽强地于苦中作乐，乃至于提出了为后人误会和诟病的"秉烛游"的口号。

　　我还要提到苏东坡和李渔。苏东坡是一位相当乐观的人。而乐观正是一个真正懂得娱乐、会娱乐的人的必要素质，苏东坡对娱乐的贡献以及他的独特风格是他的创造性、全方位和超人的智慧，这往往是一般的娱乐所难以达到的。一般人的娱乐有时有被动的意味在里面，有将就的意味在里面，常常因为对娱乐的偏见和误解而不愿将自身的智能与力量投入其中，认为那是浪费，是用非所在。而苏东坡首先在识见上高人一等，因此，他才能在衣食住行乃至劳作中都能渗透娱乐的色彩。在不是娱乐的地方将其游戏化了，这实在是有待后人发掘的苏氏对文化的巨大贡献。李渔则是一个将娱乐学术化系统化的人，他可以说是在理论上和个体的小范围的意义上开展以娱乐为主要经营的"第三产业"者。到了李渔的年代，中国的娱乐已有相当的累积了，而李渔对它们几乎可以说是无有不精，李渔可以算是一位真正的"娱乐"家。娱乐可以成家，而要成为真正的娱乐家，则不能止乎操作层面，而是要能纵览古今、博通各门而成己言，正是在这个意义上，李渔可以傲视天下，他的名著《闲情偶记》就是一部有关娱乐的集大成作品，迄今无人能及。

其后则是袁枚与张岱。他们的气象比起苏东坡固然小了一些，但却在精细上超过了苏氏。所谓精细，指的是不必硬性地将生活与娱乐分开，而是把生活娱乐化，把娱乐渗透到生活当中去。从袁枚的生活趣味中，我们可以明显地看到这是一个很乐观豁达幽默的人，一个生活得很认真的人。在常人眼里的饮食起居，交际谋生，他都做得一丝不苟，尽可能使之超越生活的俗世层面而达到审美的境界，一花一木，一饮一食，都因为他的禅怀与情操而诗意起来，美丽起来，到了这种境界，又有什么娱乐与否的区别呢？说得不妨夸张一点，从袁枚等人的生活方式中，我们已朦胧地看到18世纪德国哲人的理想，生命的目的其实并不在于劳作，劳作只不过是一种手段，它的归宿则是享乐。马克思又进一步阐发道，人类的最高目标和境界是从劳作中得以解放，使劳作审美化、自由化。经典作家的出发点好像与现在鼓吹所谓第三产业论者不太合拍，一是从社会整体的角度判别，一是从人的本体论出发，娱乐应是人的身心的自由、释放与创造，而最终则是劳动与娱乐的一体化，如果将娱乐人为地从生活中划分出去，并以外化的方式挤兑主体的位置，那将是娱乐的异化。汉文化的娱乐之道真是颇具启发。

——翻了几本国故的闲书，倒发了不少怪论，有没有一点道理？

杂义"科幻"

暑假在家,除了电视,几乎与所有的媒体绝了缘,在中国召开世界科幻创作会议这么大的事儿就是偶然从电视中知道的。当时实在感到惊讶,因为在我有限的视域里,中国的科幻创作确实平平,无有称奇者。

当然,中国的文艺家并不乏倡导科学文艺的,我记得周作人就是一位,于是随手从书架上抽出一本《知堂书话》一看,里面果然有《科学小说》《科学小品》之类的篇什。在新文艺家中,周作人是最关心儿童的,他认为对儿童不能太约束,不能用传统的腐儒之见去灌输,要让孩子自适其性。他主张应该让孩子多读童话,应该多了解自然和科学。

我将《书话》中有关科学文艺的言论翻了翻,反复揣摩了其中的意思,结果发现周作人还是比较保守的。他所提倡的科学文艺其实只属于科普一类,而且,有为孩子着想的地方但不全是为了孩子,我看里面有一半是为了成人,而且这成人还是周作人这些虽接受过近现代文明教育并身在新文艺阵营然而并未完全脱了"士大夫"气的文人。他看科学文艺,大多偏爱自然,如介绍植物的(《花镜》)的,介绍动物(《昆虫记》)的……至于科学,还不太谈得上，技术的倒也有一些，而我们都知道，科学与技术并不是一回事儿。至于科幻，在周作人的时代恐怕还不太普及，即使开明如周作人也不能理解，甚至很排斥，在他看来，科学与幻想是不能沾边的，沾了边，就必有错误与矛盾。对周作人来说，幻想是属于童话的，幻想在童话中是正常的，童话中的幻想对儿童也是无害的，童话告诉孩子森林里有一个小矮人的王国，至于它是真的有还是没有并无关碍。儿童晚上看星星，幻想天上有许多的仙女，这也无碍，有无仙女并不重要，重要的是孩子有一个能想象美丽与圣境的心。但这些东西一加上科学的外衣就不得了了，科学总要传授孩子以真实可信的知识，不能胡思乱想。他在介绍那多尔法兰西的看法时表明了他对科学小说（还只是科学小说，与现在的多媒体科幻制作的距离远得很）的态度，他不知道孩子们如何阅读科幻小说，他也不知道怎样将科学小说讲给孩子们听，如当作"小说"讲，则孩子们不会信，将来也总会扔掉的；如当作"科学"来讲——周作人以一篇科学小说为例说道——"无奈做成故事，不能完全没有空想，结果还是装在炮弹里放到月亮上去，不再能保存学术的真实了。"

我这里并不是要批评周作人，但我不知道中国文艺家中与周作人有相似观点或者态度或学养构成的人究竟有多少，说得大一点，也就是中国文艺家的知识人格问题。正如不少研究者已经指出的，新文学那阵子的文学家"偏科"的很多，许多大牌作家于科学知识的了解不成系统得可以，周作人的"理科"水平在其中已经算得上"冒尖"的了。中国的文艺家总是重人文而轻科学，从古到今，一贯如此，这是我对中国文艺家们的遗憾之一。所以，从文艺家中走出来的科幻作家几乎找不到，我们现在数得上的几位科幻作家大多是搞自然科学以后"改行"的。因而，周作人不能理解科学与幻想的关系不足为怪，正因为他懂一点科学才将科学看得那么严肃，轻易不能越雷池一步。周作人阐述上面观点是在1924年，其实，早在世纪之初，人们已开始了火箭的研制并开始尝试跨星球的宇宙之旅，不知当时周作人对此了解多少？如果不了解，那苏联50年代发射了人造地球卫星，尤其是1961年4月21日上午9时7分苏联宇航员加加林少校驾驶"东方1号"飞上太空他应该是知道的，他当时是怎么想的呢？他会不会修订他早年关于科学小说的看法？可惜知堂未能活到1969年，因为在这一年的7月19日，美国的"阿波罗11号"经过三天的旅行在下午4时17分40秒将阿姆斯特朗等人送上了月球，这恰恰是一个类似在早年周作人看来荒诞不经的"空想"："装在炮弹里放到月亮上去。"科学确实是严肃的，但科学又绝对离不开幻想，因而，更严肃的表达应当是，没有幻想就没有科学。

科学幻想的制作总是超前的，科幻与科普、科学小品的区别就在于，科幻讲述的是根据科学原理但还没有发生、然而可能发生而且人们希望（如寻找到一个新的生存之所）或不希望发生的故事（如"星球大战"），而后两者则向人们讲述已有的科学事实。周作人不能理解科幻之美，作为"文人"，他喜欢科学小品，因为小品常有"美文"。其实，科幻之美就在于它的大胆想象，所以，我对中国文艺家的另一个遗憾就是想象力的匮乏。不过，说到这一点，又难免让人欲言又止，因为想象力之生成当与人之生存状况相关，我们的文艺家由于长期的禁锢已失去了想象的翅膀；我们的文艺家又因为总是恪守传统"文以载道"的"文德"而专心于道德文章而无意旁骛于科学……当然，有没有一些文艺家因为"纪实"来得"实惠"而易弦改辙放弃了原先的科幻而做了畅销书的写家的呢？好像是有的吧？那实在是相当可惜的。

——说了半天的周作人，实际上只不过是为了一句话：哪一天中国的文艺家不再"偏科"、不再"重文轻理"，哪一天中国的文艺家有了滋养幻想的土壤与心灵，那么，中国才会有科幻的繁荣，那时的孩子将会是幸福无比的。

王小波与费尔马

我读过王小波的一些小说,说句老实话,王小波的小说艺术似乎尚未达到成熟的阶段,但有一点是肯定的,即王小波的小说是相当有趣的,一个并不为时尚文化和大众趣味而写作的作家能将小说写得饶有趣味,已经是很不容易的事了。

由文而及于人,在我目前的理解与感觉中,王小波本质上就是一个有趣的人。这几天在读他的《红拂夜奔》,正如他自己所言,这是一部追求有趣的作品。作家的自白很重要,王小波对人有"三大假设",一为"热爱智慧",二为"热爱异性",三为"喜欢有趣",其实前二者完全可以统摄到第三个假设中,王小波说:"假如这世界上没有有趣的事,我情愿不活。有趣是一个开放的空间,一直伸向未知的领域,无趣是一个封闭的空间,其中的一切我们全部耳熟能详。"《红拂夜奔》中许多人物如李靖、红拂、虬髯公都是读者熟知的唐代野史及传奇中的人物,如果王小波按惯例写成一部历史小说,哪怕是什么"新历史小说",那么读者就"耳熟能详"了,这样的小说实际上是在一个由已知文本构成的"封闭空间"中折腾,那将是无趣的。所以,王小波开放了历史,用现代人而且是个"顽皮"的现代人的许多奇思妙想去重新创造了一个令读者常常忍俊不禁的天地。如果有空，我劝读者不妨去看一看《红拂夜奔》，在那里，连"死亡"也是十分有趣的。当然，你也许会读到一些现代事情的古代化饰演，如果你因此而肃颜，那就不是我能管得了的了。

我这里不谈小说，我只想说说我对其中一个细节的疑问，即王小波为什么再三让"王二"和"李靖"去证明"费尔马定理"？我的意思绝不是说王小波的《红拂夜奔》写的该是隋唐间的故事，而费尔马提出后来称之为费尔马定理的则是17世纪的事情，中间相差近千年，如果我因所谓"真实性"而奇怪，那就成了王小波笔下"根本不喜欢有趣"的人。我的意思是王小波为什么单单选中了费尔马和费尔马定理作为小说的重要情节。王小波先理后文，文理兼通，这常给小说读者带来一些"夹生饭"，王小波应该知道，在中国，理工科的人是不大读小说的，读小说的人大都是些理科一般甚至不通而改"搞"人文的，我就问过我身边几个读过王小波的人什么是"费尔马定理"？他们都摇头，所以我得给王小波的作品加加注。

费尔马是个法国人，早年受过良好的教育，他的工作是图鲁斯的地方议员，但在这个位置上好像没有什么突出的政绩，他总是将精力放在其他方面，比如历史、文学、语言学、哲学等等，当然费尔马最感兴趣的是数学，据说，他在数学的四大分支（微积分、解析几何、数论、概率论）均有创树。有关费尔马的故事最著名的有两个，一是有关概率论的。传说一个叫梅累的法国军官喜欢赌博，但运气极差，屡赌屡输。有一次好不容易将骰子掷到八十点，领先对手几十点，按经验，梅累断言在余下的机会里对手根本不可能超过他掷到一百点，而他则会轻而易举，于是，他提出结束这场战斗，而且拿起赌资就跑，对手不让，声称自己还有机会，梅累则可笑地认为还从未见过哪个赌徒能在这样的境况下反败为胜的。双方争执不下。梅累将此事告知了伟大的帕斯卡（常读小说的知道这个人，但要记住他不仅是一个写了《思想录》的哲学家，还是一个数学家），帕斯卡将此事告诉费尔马并与他约定各自进行研究，然后同时亮出答案，结果答案相同，他们研究赌场上的"运气"问题，而这却标志了数学史上新学科"概率论"的诞生，所以，后人称之为"伟大的科学诞生于肮脏的事件"。第二个就该是费尔马定理了，费尔马定理有两个，一个称为"费尔马小定理"，即1（modp）。我以为王小波指的应该是"费尔马大定理"，费尔马1637年左右在阅读古代数学家丢番图的《算数》时在书的天头写道："将一个立方数分为两个立方数，一个四次幂分为两个四次幂，或者一般地将一个高于二次幂分为两个同次幂，这是不可能的。关于此，我发现了一种极其美妙的证法，但是书页太窄，写不下了。"把费尔马的表述简化一下，就是"将n>2时，关于x,y,z的方程$x^n+y^n=z^n$没有完整数解"。费尔马轻飘飘地一句"写不下了"就让其后无数伟大的和平庸的数学家忙了几百年，人们既不能证明，又不能推翻。不过结果虽没找到，却由此拓展了数学领域，收获了许多意外的成果，所以，德国数学家希尔伯特将费尔马的大定理称为"生金蛋的母鸡"。这两个故事就足以说明费尔马的有趣，我疑心费尔马是有意卖了个关子，存心折腾人，当他在天国看到人们为了他随手写下的一个批注而忙碌时，他会不会发笑？费尔马真正的有趣是他将数学作为一种消遣的游戏，我说王小波应将前两个假设合并到第三者，因为在费尔马，"爱智慧"即有趣，费尔马研究数学不为什么，只为好玩，他的数学是在跟朋友聊天、书信交往与随手写下的笔记和批注中进行的，生前从未出版著述，所以，后人将其称为"业余数学之王"或"'议而不作'的数学家"。这在以"功利""实学"为目的的人看来是不可思议的，科学从来被描绘成一项艰苦的工作，而费尔马则乐此不疲，以游戏而待之，这就是费尔马的有趣了，这种境界实际上是很难达到的。

　　写到这里，我似乎找到了王小波选择费尔马的原因，或他选择费尔马所透露出的消息，他的引为知己的认同感。王小波反复申言，思维是最大的乐趣。费尔马以一个定理给后人留下了乐趣，王小波以他的文字给人们以乐趣，他们都是有趣并给世界带来有趣的人。

　　可惜，费尔马大定理在1996年被证明，一个漫长的而充满诱惑的事件结束了。王小波于1997年去世，一个聪明的人走了。但愿这些不会给我们的世界带来缺憾，世界应该继续有趣下去。

神驰"缘缘堂"

"修身、齐家、治国、平天下",这是人们常说的读书人的人生理想。这句话里包容几项,修身,是虚的,怎么就算修成了身,说不准;治国平天下,本是一路,太大,对一般读书人来说,恐怕永远是处于虚无缥缈间;因此,最实在也最容易得到的就是齐家。历代经学大师对"齐家"已有很丰富玄奥的阐释,而以我的直觉,这齐家首先有两样,第一是娶妻生子,第二便是有一个好的居处。

居处对读书人来说太重要了,中国文人的家园感实在是太强烈了。当然,对家园的自觉感意识和对其深刻的意味对每一个文人来讲都有一个获得的过程,因为读书人的人生旅程是从反出家园开始的,即所谓"仰天大笑出门去,我辈岂是蓬蒿人"。至于"青山处处埋忠骨,何必马革裹尸还",更是豪语惊人。然而,当反出家园并未能找到仕途之路时,一种失意的、懊丧的情绪袭上心来,"少年心壮轻为客,一日病来思在家",这"思在家"岂止是病?读书人开始怀疑和否定当初的抉择,仗剑出门的意义究竟是什么?"一年一万一千里,马足车轮舴艋舟。自笑此身浑似叶,不知今世复何求",家的概念在文人的心里便一日重似一日,他们厌倦了人生的挣扎，厌倦了长年的漂泊，故乡、家园成为他们梦寐以求的归宿。这也许是中国古代大批思乡诗重要成因之一。眼前的每一处人事景物都可以勾起游子对故园的怀恋："十年辛苦在京华，梦里何时不见家，一照若耶溪畔月，始知杨柳隔天涯"，因而，一旦踏上归途，他们的心情又是怎样的迫切和激动："眼看好景懒下马，心随流水先还家"，"细数归期相次近，倚楼日日望春江"，"羸骖莫怪归鞭急，心在轻红荔子梢"……经过了几番变故之后，读书人加深了对家园的理解，家园不仅仅是一个栖身的地方，更不仅仅是原来意义的自己的生养之地和亲缘故土，家园在一个新的意义被理解为指向未来的归宿，一个合乎自己生活理想足以适身心调性情的居所。那么，一个基本合乎标准的居处应该具备什么呢？它不一定是按享乐原则建立的豪华去处，但却应该是一个合乎自己性格的自由天地，它被文人们理解为自己生命的一部分，而不仅仅是外部的空间，因而，建筑的要紧处不在于物质享受上多花工夫，而必须有几处合乎自己趣味的消遣地方，诸如读书、弹琴、品茶、对弈、饮酒、垂钓、欣赏自然等等。读读下面几首诗便大略可以知道："文史归休日，栖间卧草亭。蔷薇一架紫，石竹生垂青。垂路和仙药，烧香调道经。莫将山水弄，持与世人听。""小隐西亭为客开，翠梦深处遍苍苔。林间扫石安棋局，岩下分香递酒杯。兰叶露光秋月上，芦花风起夜潮来。云山绕屋犹嫌浅，欲掉渔舟近钓台。"这里的本质显然是闲适和清寂、自在与疏放，它与风尘漂泊和功名利禄构成一个强烈的对比。这样的居处显然已成为文人对抗社会的退隐之所，它既是一个空间的存在，更是一个精神的堡垒。所谓"始为江山静，终防市井喧"，文人在这里确实真正体味到了属于自己的世界，真正体味到了自己作为一个真实的人的自由和欢乐，连积极入世者如陆游也体会到了这一点："东轩嫩日上疏棂，吹尽浮云作意晴。林暖墙头双鹊语，水清池面小鱼行。畦添药品谁能别，架引藤阴忽已成。倚仗怡然便终日，老夫那复不平鸣。""山园寂寂闭春风，个里天教著放翁。万事已抛孤枕外，一尊常醉乱花中。闲随戏蝶忘形久，细听啼莺得意同。月桂可怜常在眼，小丛时放一枝红。"这种生存方式如果借用海德格尔的话说可以称为"诗意的栖居"，人人都在居住，而且必须居住，然而"诗意的栖居"则只有文人。因而，即使文人未曾重返家园，即使文人仍跻身龙廷凤阙、官府侯衙，这种"诗意的栖居"依然会存在，他们会在社会化的生存之外构筑自己私人的居处，以作为自己诗意的补充。

——上面这些都是"缘缘堂"引出的话题。"缘缘堂"是丰子恺先生1933年修建的私人居所。我在读《缘缘堂随笔集》时一开始以为缘缘堂只是丰先生的书斋名，谁知翻到里面细读有关缘缘堂的文字，才知道这是一所有相当规模的私家建筑。这是丰先生十分喜爱的居处，然而却毁于兵火。丰先生之痛心疾首可想而知，先生撰文再三表达自己无法穷尽的遗憾、愤怒和哀悼。如果不去细细品味这些篇什，一定会误会，以为缘缘堂是什么华丽的居处，或以为丰先生是否太过于执着？其实不然，只要了解了丰先生的为人，了解了缘缘堂之于丰先生的关系，一切都会理解了，都会有答案了。这远的答案或许就是我上面的闲扯，这近的答案则在于丰先生是一个富有生活情趣的有丰富艺术修养而又疏于功名忘于营利的读书人，一个生在现代而有古贤人之风的潇洒文人。他不愿羁留都市，而宁愿筑居家里，这在现代社会实在是不可多得的。丰先生对乡野和自然有着深深的依恋，而"缘缘堂就建在这富有诗情画意而得天独厚的环境中"，它傍水而筑，后面有"小桥、流水、大树、长亭"，它"坚固坦白""单纯明白""形式朴素"而"不事雕琢"，堂内字画盈壁，书册满架，绿树红花，围堂而植，回廊走道，室室洞然，门前窗外，乡音时闻，青灯伴读，翰墨寄情，或与野老喧然于外，或与儿女嬉戏于内，自在如此，何异神仙？难怪丰先生说："但倘秦始皇要拿阿房宫来同我交换，石秀伦愿把金谷园来和我对掉，我决不同意。"现在就可以理解丰子恺对缘缘堂的失去何以黯然神伤了。他失去的岂止是一份惨淡经营的财产，他失去的是一个身心赖以托付的生存之所，从此，丰先生便如蓬蒿四处漂泊，灵魂无所栖止。

由此，我想到叶圣陶对苏州居所的怀念。

由此，我想到俞平伯先生为什么在晚年那么渴望重建自己的故居。他早已不能行动，即使建成，他也无从见到，然而，他还是四处托人、恳求。我读到老人为此而致友人的封封书信，他在想象中回忆自己故居的容貌，亭台楼阁，山石甬道，旧时陈设一一如在目前，连庭院中所植树种竟也清晰异常，他仔细地描画着这些，显得津津有味，乐而忘返。我不能说清这是一种怎样的情愫，老人显然借助于文字表达进入了想象中的家园，他通过回忆和想象抹去了一生的浮流和蹉跎，进入了一种安宁和谐的境界，找到一种终极的归宿感。

比起古代文人，丰子恺、叶圣陶、俞平伯诸先生让我思考到现代人的栖居意识，现代社会的快节奏和繁杂的人事变迁使人时刻感到个人的生存空间受到威胁和侵害，因而使人更强烈地意识到"家"的可贵。我们已无法像古人，甚至不可能像丰子恺等先生那样去营造自己的家了，能找到一个可以喘息的容身之所已属不易，遑论其他。

文字狱的另一番闲话

时下不少文字，若谈到古代文人的境遇，鲜有不提及文字狱的，而说到文字狱，又鲜有不持义愤填膺之心情的。也许是这样的文章读得多了，感觉渐渐变得迟钝麻木起来，甚至有时突发奇想，那些因文字而遭害的读书人是否个个皆冤，有没有几个活该的？存了这份逆反心理，碰到言说文字灾害，便凝神屏息，细细去读，直如老吏断狱一般。这几天读《三千年文祸》，不期竟真遇到不少让人哭笑不得的故事来。

例一，梁元帝萧绎，自幼一目失明，所以难免忌讳，要放在疑心病重的主儿身上，那别人说话是得够小心的，相比较而言，萧绎算是可以的了，比如当时的文士刘谅与萧绎同游江滨，触景生情说了句："今日可谓'帝子降于北渚'。""帝子"句是《湘夫人》的首句，萧绎立刻想到它的下句"目渺渺兮愁予"，"渺"即有目盲之意，心中很是不快，不过最终倒也没有加害于刘谅。但另一文人王伟在讨梁檄文中竟这样写道："项羽重瞳，尚有乌江之败；湘东一目，宁为赤县所归？"这就太刻薄了，萧绎大怒，立刻酷杀了王伟，酷杀王伟自然可非，但王伟以人的缺陷进行人身攻击，实在也少有君子之风。

例二、例三，文人写宫体诗，由来已久，宫体诗从文学史上讲起很是啰嗦，不过，我以为这里面实际上隐含着文人的阴暗心理，与普通的艳情诗大有区别。主子不在意，文人写一点，无妨，比如齐梁，比如中唐，但到了明清，主子不让你去写他们的私事儿，也不是没有道理，以平常人情论之，有谁情愿别人拿自己的私事儿开心呢？你硬写，遭了殃也只有认了。据说，高启的死与写宫体诗就有关，同在明初，有个叫张尚礼的，也因作宫体诗而被下蚕室而死，二人的诗分别为："女奴扶醉踏苍苔，明月西园侍宴回。小犬隔花空吠影，夜深宫禁有谁来？"（高诗）"庭院深深昼漏清，闭门春草共愁生。梦中正得君王宠，却被黄鹂叫一声。"（张诗）高诗的末一句实在让主人不快，而张诗设想的那一梦也隐涉不便。

活该的还有，主子寻章摘句，以文论罪，本是痛心之事，可有些读书人竟然以此为手段，陷害同类。有得逞的，而有的机关算尽，反误了卿卿性命，我以为这是大活该。此类事件，明清为多，比如康熙六年（1667）轰动一时的南北"逆书"案。南"逆书"案指的是苏州文士沈天甫等人，编成《启祯诗选》，于其中植入许多"悖逆"，然后假托他人之名为序，从而相要挟，最终被识破，被杀。北"逆书"案指的是姜元衡伪造逆书诬陷顾炎武、黄培等人以泄私愤，结果亦被识破。

不过，有些案例虽然可笑，看似活该自讨，但细细一想，又觉得另有一番滋味。《三千年文祸》在"乾隆文字狱"中列有"炫才邀恩案"一类，因此而获罪的大都是一些穷困潦倒的文人，比如江西刘震宇著《万世治平新策》，内中不过是旧说陈言，间或有一己之见，也不过是书生论道，大多虚腐不堪，刘震宇当时已七十有余，却偏要献策，以为《新策》都是治国良方，不料在古稀之年还吃了一刀。再如，湖南刘翱，更老，获罪时已八十有六，一辈子穷困无路，早年投书无门，年迈之时有门了，却又判了发配边疆。此类案例书中罗列甚详，这里不一一复述，初读时觉得这些乡曲腐儒实在可气可笑，但一个个读过去，又觉得他们的可怜了，都七八十的人了，何苦要这么做？答案是这样的：流落在山西的穷书生王肇基因献诗而获罪，他供称："如今是尧舜之世，我何敢有一字谤讪，实系我一腔忠心，要求皇上用我，故此将心里想着的事写成一篇来呈献的。……只求代我进了此书，我就有官做了。"而刘翱则称："当年呈递，原有邀恩妄念，如今衰迈，并无他望。因编集是书曾费数年心力，其中或有可采，亦未可定，不甘埋没。"听听他们的表白，就知道与前几类不同，虽言行酸腐，但说白了，也不过是想博个功名，与品行倒无大关碍。

这类案例让我深深地为古代的读书人悲哀，他们的出路实在太狭小太狭小了，如果追本溯源，可能问题被孔子和孟子一开始就搞糟了，他们不是把知识分子从本体上进行定位，而是强调读书人要为统治者服务，整个先秦，读书人熙来攘往，大都在寻求一个通向"治人者"之位的道路，不见于当朝时，踽踽陋巷，而一旦见用，便裘马轻狂，舍此，别无他途。司马谈说："夫阴阳、儒、墨、名、法、道德，此务为治者也。"说得几乎无一例外。"学得经世业，货于帝王家"，古代文人梦寐以求的便是能为统治者所用。其实，他们不知道，一旦将自己与统治集团捆在一起，其悲剧也就在所难免，因为，这将意味着个性的丧失、地位的丧失乃至思想的丧失。孔孟之初，还企图有所保留，他们时不时地还提到知识分子的人格理想和社会理想，也就是所谓"道"，以至中国政治居然有了"政统"与"道统"之说，亦即"道"与"势"。在孔孟，其一开始的用心不谓不好，把孔孟的学说演绎开来，他们是想用自己的学说（道）来影响、规范、制约社会秩序，来安排社会结构（势），在孔孟的理论体系里，道是高于势的，而知识分子如果按照孔孟的理性来说，他们是道德代表，对社会，尤其是社会的统治机制永远具有批判的使命，孔孟由此规定了知识分子的人格和在社会中的位置，"笃信善学，死守善道，危邦不入，乱邦不居，天下有道则见，无道则隐。"可是即是在孔孟生时，这种理想的现实性就大大地受到了嘲弄，孔孟之道就几乎未曾与社会统治之势合过节拍。孔孟之后，道与势的力量对比之差日益增大，到了汉儒，道已几乎完全屈尊于势了，说穿了，虽然孔孟学说仍在，但历代的统治者都是以势压道的，而最终的结果是道与势的合一，意识形态上这种同化意味着社会结构的重组，到后来，知识分子观念上、理想上的独立性完全丧失，这种丧失是由双方造成的，一方是褫夺，一方则是主动放弃，即连本来最为高雅的隐也被知识分子糟蹋得面目全非，成了邀功显名的政治手腕，所谓"终南捷径"是也。汉以后，知识分子已经很自觉地将自己从属依附于统治文化。对这些历史略作分析，再回过头去看看那些文字狱，似乎就更清楚了，所谓"炫才邀恩"

看上去好笑，但事出实在必然，它实在是知识分子试图在统治系统中寻找自己位置的诸多途径的一种，好像孔子就曾说过这样的话，"士而怀居，不足以为士矣。"知识分子如果不能被用，竟连做知识分子也做不成，怎能怪那些读书人削尖了脑袋，想尽了办法往政治圈子里钻。仔细比较比较，李白的献诗，苏洵的献书，辛弃疾的献策，与刘震宇等人的所作所为其实质是一致的，李、苏、辛的结局与刘震宇的命运之所以大相径庭，只不过是个人素质上的关系，而与本质无关，只要知识分子企图与统治机制结合，后者对前者的择"优"汰"劣"就不可避免。

过去，历朝历代的知识分子总有履冰临渊之叹，以至说道："最是文人不自由。"为什么不自由？便是将自己捆在了统治者的权杖上，"学成经世业，货于帝王家"，这时来看，其错误简直太明显，一、"经世业"本质上不应该属于知识的范畴；二、你学的是经世业，自然得货于帝王家，否则就学无所用。吃苦头，出洋相，当然是活该，因此，一旦帝王家不买你这路货，读书人便如敝屣，一文不值，真正百无一用。古代的知识分子一旦脱了政治一途，似乎就只有风花雪月一路，他们或流连诗酒，或挟姬寻乐，于世于己，建树无多，反落得个"无行"的恶谥，以至从社会的普遍价值观看来，文人几乎成为最下等之流，连读书人自己也这样看，顾炎武就曾说过："一号为文人，无足观矣。"刘震宇等人或许就是不愿"堕落"被人目为文人而慌不择路栽入深渊的。我不能不再次对刘震宇等人生出恻隐之心，我提出的知识分子在中国古代寻找自己的位置实在是一种空想，在一个专制的封建社会里，个体或阶层是无法获得自己的独立性的，尤其是与意识形态天然相接的知识分子。

我由知识分子的上述境遇而萌生出的想法，其实相当朴素，那就是知识分子应该摆脱自己的优秀性，摆脱自己以道统自居的崇高感，自然更应摆脱自己处于"势"下的屈辱地位，而使自己"平民化""世俗化"，以"知识"作为谋生的手段而使"知识分子"成为一种"职业"。这自然不是我的发明，但我现在才更深切地懂得这一朴素的念头多么重要，然而，让我感到触目惊心的是，即使在现代社会的今天，读书人似乎还不愿意接受这一观念，中国知识分子好像难以（不愿？）摆脱上述那种悖反的位置，即使几次政治运动的狂轰滥炸也不能促其醒悟，甚至有人认为，政治运动每每从知识分子开刀正说明知识分子的重要，鲁迅先生曾分析过甘为奴隶的自虐型人格，若将其挪移至此予以类比，是不是很恰当？

感谢中国的经济改革，也许，社会的发展迟早要有这一天，只不过中国以中国的方式让知识分子明白，你，只是你自己，你拥有知识，这就够了，这将是你参与社会确立自身的所有，你是一个职业者，痛心疾首也罢，悲叹失望也罢，自作多情也罢，作为一个逐步获得现代人格的知识分子，他将对自己日益大众化的地位而心平气和，视为当然。

这份"当然"来之不易，我们应该庆幸终于告别了刘震宇们令人啼笑皆非的悲剧。

说儿歌

　　两年前，侥幸而为人父，打那以后，便不得不尽父亲的责任，边学边干，吃尽千辛万苦。人皆说"养儿才知父母恩"，但记忆中自己的父亲好像并不这样难，怎么轮到自己就横竖觉得费劲儿，但现在已"别无选择"，只得硬着头皮做下去，走一步算一步。目下小女已渐通人语，这样，父亲的工作栏内便又添上念儿歌一项。初时，甚觉无味，一路说去，如小和尚诵经一般，时间一长，念得多了，竟念出点味道来，小女是否开蒙不得而知，我倒有了说儿歌的想法。

　　大量的儿歌当中，绝大多数是按"寓教于乐"的原则创作出来的。我最怕念这样的儿歌，因为念完了，还要讲解，而小女的善恶、是非、荣辱……一概空白，讲起来就很吃力，孩子听得也不耐烦，我就很泄气，进而怀疑这些儿歌的作用是不是有些自作聪明？以为自己了解儿童，以为自己写的东西小孩一定能懂。其实，就我有限的父亲经验而言，成人和小孩的对话是很不容易的，成人怎么还原也不可能回到儿童的天地里去。于是，我就尽量拣那些没有什么大道理的、只是抓住日常事务的特征稍作想象的儿歌去念，就觉得很轻松，孩子也开心，容易记得住，如：

我有一双小小手,
小手像个小蝌蚪。
我和爷爷握握手,
只能握他手指头。
　　　——《手》

小蝌蚪是孩子喜欢的小动物,而和爷爷握手又是孩子几乎每天要做的动作,于是便觉得有趣。再如:

小山羊,
年纪小,
你的胡子倒不少。
叫你老公公,
你说好不好?
　　　——《小山羊》

这首也相当简单,一类比即可。有些儿歌,什么"机巧"也没有,如大白话一般,但孩子也喜欢:

小蚂蚁,
爬爬爬,
爬到树下不见啦!
　　　——《小蚂蚁》

我并不反对在儿歌中讲道理，我知道我现在偏爱这类浅显的儿歌是因为我孩子还小的缘故，只能对付这类儿歌中的"轻音乐"。但在儿歌中讲道理实在不容易，我翻阅了大量儿歌的经验告诉我，不仅仅是讲道理难，即或不讲道理而旨在引导孩子去认识世界、发现情趣的儿歌也难写，难就难在成人不容易变成孩子。渐渐地，我不由得滋生出这样的想法：所谓儿歌，绝大多数还是成人的歌，即使成人自以为是为孩子写的，但自己既已为成人，便不可避免地要把成人的爱好、情趣、事理带到儿歌当中。这现象，可能成人自己还一时不觉得，因为情景不同了，他只注意儿歌中属于孩子的那一部分。其实，儿歌作为一种语言作品，它的意指更可能是双重的，因此，儿歌不妨去掉文学惯性给它设置的阅读藩篱，让成人也去读（不是读给孩子听，而是给自己听，以成人的身份去读），儿童读儿童的，成人读成人的，两种角色，两种味道。我不妨举一些作品在下面给成人们读一读：

叠手绢儿，做花裤，
送给小猴子，
小白兔——
它们全都长大了，
不该光屁股。
　　　　——《叠手绢儿》

"不该光屁股",这道理是对的,但孩子觉得的道理对与成人一样吗?这道理的含义成人对小孩子只能讲对一半,如"讲卫生",另一半就不大好讲,讲不透,这另一半就是关乎"人体与耻辱"问题。

母鸡下了一个蛋,
咯哒咯哒让人看,
鹅不看
鸭不看,
气的母鸡红了脸,
满呀满院转。
——《母鸡生蛋》

儿童对这首歌的理解肯定不会如成人深刻,不会如成人有百般滋味。这首儿歌中,母鸡是个被嘲讽的形象,成人可以借它去体味生活中那些急于表功自炫的人,而鹅和鸭是正面形象,他们生了蛋就不叫,默默无闻地做着奉献。但若把母鸡理解为一个干出了成绩做出了奉献而得不到承认的人也不是不可以。母鸡下了蛋,告诉别人,这是正大光明的,也是很正常的事情,不管怎么样总比不下蛋仍要叫好得多。这样,儿歌中另外的两个形象"鹅"和"鸭"就显得面目可憎了。至少说是缺少应有的胸襟,不管他们自己生不生蛋,对别人的成绩,总得予以尊重。引申开去,在生活中,"母鸡情形"实际上是经常发生的。更让人不平

的是"不看"的往往是鹅鸭还不如的人。同样有讽刺意味的儿歌还有:

> 小剪刀,
> 嚓嚓笑,
> 铰下一件大红袄,
> 不倒翁,
> 穿红袄,
> 乐得摇头又晃脑。
> ——《不倒翁穿红袄》

孩子是不了解"不倒翁"的社会象征的,更不了解"红袄"可能产生的官服联想,面对这种场景,孩子可能觉得非常有趣,不倒翁穿上孩子自己铰的红袄,模样显得更逗,而成人对此却可能引发失望和不满,不倒翁作为社会上尤其是官场的变色龙式的人物在此分明交上了好运。下面的一首更偏于情绪些:

> 树叶黄了,
> 树叶掉了,
> 小鸟飞来,
> 呜呜哭了。
> ——《树叶黄了》

孩子可以通过想象，进入小鸟的角色，对它产生同情，但成人看了，理解和体验就要深刻得多。这首儿歌的情绪本来是属于成人的，而且是相当传统的，即"悲秋"，但它竟以儿歌的伪装出现了。这是我发现的一篇成人情结有意无意潜入儿童文本的典范作品，它使我想到歌曲《送别》，在这首歌曲中，成人对儿童的入侵是公开的，它以儿童歌曲的旋律和演唱方式传达了成人的情感，说它公开，是因为它歌词文本的话语形式也是成人的：

> 长亭外，古道边，
> 芳草碧连天。
> 晚风拂柳笛声残，
> 夕阳山外山。
> 天之涯，海之角，
> 知交半零落，
> 一斛浊酒尽余欢，
> 今宵别梦寒。
> ——《送别》

这种入侵可能有美学上的考虑，那就是由儿童的天真无知、无忧无虑构成的反讽，从而平添了成人情绪的悲凉。不过，这样一来，这首歌究竟属于谁呢？重点落在哪一边？"树叶黄了"也有反讽，但它是暗藏的，所以，从表层文本形式来讲，它依然是儿童的。

既然扯到了儿童歌曲，就不妨再说两句，因为上面的阅读情形也存在于儿童歌曲里，而且，儿童歌曲比儿歌多了音乐这一表现形式，上述情形就变成双重的了，要知道儿童对音乐的理解远不如成人。下面举两首歌曲，一首是《小学生》：

> 我背起了新书包，
> 第一次上学校，
> 老师欢迎我，同学把手招。
> 今天我也当上了一年级小学生，
> 我高兴得心儿嘣嘣跳。
>
> 小木马再见啦，
> 布娃娃再见啦，
> 弟弟陪你玩，妹妹把你抱。
> 今天我也当上了一年级小学生，
> 不能再贪玩耍，
> 功课一定要学好。

小孩子唱这首歌时，共鸣最强的是第一段，而令人别有一番滋味在心头的是第二段。孩子的心是向上的，他们渴望长大（比如小孩子总喜欢跟比自己大一些的孩子玩而不愿跟比自己小的孩子玩）。他当上了小学生，一种庄严的感觉伴随着虚荣、激动令他兴奋不已。但成人作为过来之人看法就不同了，成人作为有一种清醒的生命意识的角色时他时时感到时光的流逝和生命的可贵，他的企盼有时和孩子相反，他多么希望再回到童年。更重要的是童年意味着天真、活泼、无拘无束和不负责任，而成人的世界则意味着复杂、奋斗、辛苦和不堪重负，若再回到童年便是后者的解脱。以这样的眼光去看兴奋的小学生便觉得孩子的可怜，更可怜的是被可怜的孩子并不意识到这一点，他们竟然很快乐。孩子的长大、上学实在是一种不幸，那一连串再见岂止是一些玩具，那是一个幸福的不可复得的世界，而结句又岂止是小学生自觉的自我告诫，那是一种理性生活的开始，不自由的开始，他不知道那一声告诫就意味着他长大了，发生了质变，过去的将一去不复返。所以说，对这首歌的理解，孩子和成人恰恰是相反的。当然，音乐在这首歌里的作用是不可忽视的，我不知道孩子的感觉如何，我之所以有上述想法正是它的旋律首先触动了我，那一连串的"再见"我听着总觉得有股说不出的感伤。再一首是《小蜗牛》：

> 我是快乐的小蜗牛，
> 背着房子去旅游，
> 伸出两只小犄角，
> 一天到晚乐悠悠，
> 我从来不回头。
> 我是快乐的小蜗牛，
> 天南地北去旅游，

刮风下雨我不怕，
躲进小屋乐悠悠，
天晴了我再走。

　　小孩自然会体会到小蜗牛的快乐的，成人却从中看到一种难以得到的快乐人生和因之而对比联想后产生出的自爱自怜。社会风云变幻，古人就讲如临深渊如履薄冰，可见人生的险恶，而人又缺乏有效的自我保护，所以总免不了坎坷、不幸和伤害。面对社会的"风雨"，人是很难自信地唱出"我不怕"的。不过，这首歌也有启发，从积极角度讲，人是不是可以自我经营一个"小屋"呢？一个属于自己的不关世事不关他人的小天地？从古至今，不少人这么想过也这么做过，穷则独善其身，回归自然，返身山林，寻找一片世外桃源亦即"退隐"。不过，这些方法在关系松散、社会整体性不足的古代时期还可以，到了关系密切、社会整体性高的现代社会就行不通了。你到哪儿去找一片属于自己的净土？社会的动荡、政治的风雨，现代人面对的只是疏而不漏的恢恢天网而无所逃避于天地之间，所以，现代人悲剧感、恐惧感就相当强烈，他们不时回顾古典、向往自然，而小蜗牛的快乐真是值得羡慕的了："我的房子在哪里？"现代人寻找房子，寻找属于自己的房子。可以想象，这首歌旋律的自由、欢快和诙谐，它是一种自炫，又是一种挑逗，让你高兴，更让你沮丧，尤其是它结句的处理最具效果，它加进了大量的衬字予以咏叹，从而很好地表达和强调了上述情绪。

暂且说到这里，虽然我愈来愈觉得这个话题的丰富。我知道人们大都不这样理解儿歌（曲），关键是视角问题，换一个视角，习以为常的事物便会有另一番新的景观，谁谓不然？

悲悯与怜爱

当我因嗜饮而渐入昏沉时，那最后的清晰意象总是卡弗，雷蒙德·卡弗为自己画的漫画自画像。除了最后十年，卡弗的生活是与酒连在一起的，卡弗因为拥有了酒而失去很多，卡弗又因为失去了酒而拥有了许多。十年的时光是短暂的，但卡弗一直为这灿烂的十年而欣慰，经常是幸福之情溢于言表。作为一个写作者，能说出下面的话真是令人羡慕，我曾将这段话抄送给许多朋友，他们无不惊叹：

> 要想写小说，一个作家就应该生活在一个有意义的世界里；在这个世界里，作家有所信仰，有目标，然后方可准确描写；这个世界在一个时期里还不能挪动位置。此外，作家还应该相信那个世界基本上是正确的。

我想，为了这样的状态，即使不沾酒也是值得的，问题是，如果一个人还未曾感受到生活的意义呢？

卡弗出身贫寒，所求也不高，回忆起当年生活，他认为到了十岁还不用下地干活已经很不错了，所幸的是，他终于谋到了一份大学的教席。他的学生在谈到这位老师时说他是一个不善言谈的人,"你们看看这些作品吧","请您谈谈您的看法","您的作品写得很好","您看着办,愿意写一点就写一点,当然,不写也没关系,您不必为此介意。"卡弗这样对他的学生说。

一些令人心疼的美好的姿态与方式正在逝去。北回归线以北的景色依旧,你可以看到金色的白桦林,清澈的淙淙流淌的小溪,在小山背面,有未曾溶化的积雪,晶莹而安静,黑海边的岸石千古如一。你很惊讶有如此平滑的海面。一个世纪之前的夜晚,就从这样的海面往北边的克里米西半岛的岸上眺望,你会看到一幢亮着灯的屋子,那是一间书房,再仔细看看吧,你会看清那盏台灯的灯罩是绿色的。失眠的契诃夫就住在这里。碰巧,你会发现,灯熄了,但契诃夫并未入睡,他独自坐在黑暗里,不一会儿,屋外变得明亮起来,窗外是泛着白光的雪景。

巴乌斯托夫斯基有许多关于契诃夫的手记,他写道:"至于'善良'这则手记,更值得人们深入地加以探讨。""我们文学界,也许还没有第二个像他那样满怀如此深沉的感情来对待别人,为人们的苦难感到如此切肤之痛而竭尽全力去帮助他们的人。"

雅·伊瓦什凯维奇曾经那么动人地描写了肖邦的故居,而在茨威格的笔下,落日中的托尔斯泰墓具有一种无法抗拒的神圣的引领人的力量。是的,人与物的关系就是那么奇妙,你走过了,你就会留下痕迹,留下气息。我们再也见不到契诃夫了,他的瘦削和苍白,他的宁静和优雅。不远处是轻柔的海的低语,巨大的橡树不时无声地飘下褐色的叶片，契诃夫坐在椅子上，椅子旁边倚着他的手杖。你仿佛听到他在自言自语："我不能广泛地在社会范围里工作，我身体不好，文学是唯一给我力量的力量。每逢我走进自己的回想、印象，我所创造的新形象的领域，我就忘了自己的病，我就变得有力量了……"

谁见到了，都会热泪盈眶，你只能悄然地转过身去。

这一转就是一个世纪，当你再次来到雅尔塔，你看到了什么呢？让我们借助巴乌斯托夫斯基的眼睛：

> 雅尔塔的秋天美丽得极易使人产生错觉，甚至难以分清眼前到底是春意阑珊，还是秋色似锦。只见凉台的柱形栏杆下面，一片丝毫未曾被触动过的缀满白花的灌木丛兀自在阳光下闪烁。轻风拂过，甚至只需呵上一口气，就会落英满地缤纷一片。

多么让人悲悯而怜爱的地方，凭此，你踏入了契诃夫的心灵世界。

对，悲悯与怜爱。

> 那匹瘦马嚼着草料，听着，向它的主人的手上呵气。
> 姚纳讲得入迷，就把他心里的话统统对它讲了。
>
> ——契诃夫《苦恼》

> 万卡把这张写了的纸叠成四折,把它放在昨天晚上花一个戈比买来的信封里……他略微想一想,用钢笔蘸了一下墨水,写下地址:
> 寄交乡下爷爷收
>
> ——契诃夫《万卡》

秋色与文字,一起刺痛了你。

之所以让契诃夫产生伟大的悲悯与怜爱,是因为这个世界有那么多的不幸与丑恶,在这些不幸与丑恶面前,人们是那么的渺小与无助。这种伟大情怀的产生与个人生活无关。卡弗并不认为酗酒与他的写作有关,认为酗酒会给文学产生滋养是很可笑的猜想。同样,当卡弗幸运地遇上一位心地善良的女性过上安详的生活后,他也并未忘记在琐碎而又动荡中生活的人们。他说:"我能确切地记起失望和绝望的构造,我仍能尝到它的滋味并且感觉到它的存在。尽管我的个人生活环境变了,但充满情感意味的事物仍历历在目。"一位真正的写作者显然既要把握住自己又能超越自己,他必须知道这个世界上正在发生着什么。当然,这个世界上发生的事情太多了,但一个写作者注定只与那些不幸的事相关,悲悯与怜爱,这是写作者命定的。

写作是什么,写作不妨说是写作者的运动,而运动的确证便是轨迹,或者是写作者给自己、也给世界的一道道划痕。因此,我认为写作者并没给世界带来财富,世界的财富不是在增加，而是在减少，所以，我怀疑"创造财富"的说法，写作不是修饰，不是增添，而是刻与划，在这"刻"和"划"中，对象被指认、销蚀或剥离，所以，真正的写作将不会给人们带来慰藉和享受，而应该是"疼痛"。是的，如同生活中一般的浅显而明白，人体被划过，便会带来疼痛并留下印记。

摘自旧文《疼痛的写作》

文学本无所谓新旧，历史可能存在所谓进步，科学也可能存在进步，但若以社会进化论的观点去看文学，则注定要犯错误，所以，《诗经》和古希腊悲剧具有不可替代的永恒魅力。在某一个特定的时候，契诃夫曾经成为众多文学写作者们嘲笑的对象，其实，我们可以给出与契诃夫不同的技术，但却永远无法回避契诃夫的立场，悲悯与怜爱。这一简单的事实对一些写作者来说是要付出一定的代价、需要经历相当的精神旅程才能弄明白的，那一瞬间，真如醍醐灌顶，一道善良的光辉照耀着你，这是人道的光辉，人性的光辉。

回头是岸。

一位年轻的小说家在给我的信中这样说道：

> 这几天，我在重读契诃夫的小说，不断地表现出一种非常幼稚的惊讶，因为这种惊讶不应该发生在我这样一个写作者身上的，我为此而羞愧。我对契诃夫这样的

作家了解得太少了，但我也终于明白，怎么会有这么多人追随他的原因，大家，一百年后还是个大家。同时，我也得承认，正因为我还有惊讶和发现，我才能确信自己还有继续写的激情。

最后一句话太重要了，这是一个写作者真正的写作意识的确立。是的，我们每个人都该问一问，我为什么写作？作为后来者，卡弗该不该算在契诃夫的"追随"者里面呢？好在卡弗并不回避这一点，在回答他何以那么关注普通人的生存境况时，卡弗说道："我一生中都与这种人打交道。从根本上讲，我也是感到困惑茫然的人群中的一个，我来自这样的人群，这些人曾与我共事谋生多年。"然后，卡弗谦逊地讲："集中写这个人群也不意味着我的写作不同于其他作家。契诃夫一百年前就在写底层人物。"

读过卡弗的小说，会从总体上强烈地感受到他对普通人生活的准确把握和深刻理解，这种把握和理解不是通过什么具体的社会事件去凸现的，也没有什么明确的语义指向，而是将它还原为生存的本原状况，一些似乎不足以成为故事也不足以构成主题的日常情境的描绘。对于普通人来说，那种对生活的无奈、痛苦、烦躁、恍惚，乃至歇斯底里，并不是针对什么当下即时的事情，故事只是一个偶然的触发，而深层次的氛围和感觉却是一种长期的累积与叠加，不知在哪一天，它已弥漫成人们不能承受的重压。

摘自旧文《卡弗的启示》

一个作家，能对这种感觉与氛围置之不顾？任由他们去抽大麻（《大教堂》）、酗酒（《打电话的地方》）、整日地从这个频道换到那个频道地看电视（《真跑了这么多英里吗?》)？

可以想象大萧条时期的美国西部，当英雄梦已经幻灭的时候，日常生活中的萧瑟、荒凉与清贫就不再是作为西部牛仔跃马扬鞭的背景，而是人们挥之不去的阴影了。俄勒冈州的小城克拉茨凯尼，夕阳使红土地带的高原显得更加凄迷，泥泞的道路上已好久听不到汽车的引擎声了，太平洋的季风吹得陈旧的木板房发出吱呀的声音，醉汉们摇晃着从小酒馆里蹒跚而出。

当年，卡弗就是从这里出发，开始了他一站又一站的漂泊，带着这样的记忆，他走进一个又一个日常生活。

日常生活的悲剧是最难感受，也是最难表达的。是的，确实是一种感受氛围，一个作家在写作时很感性地表达了它，正源于他对日常生活哲学上的理性洞察，卡弗的概念是"威胁"。卡弗在一篇访谈录中说："在我的作品中，世界对许多人来讲是个很具威胁的地方。我所选择写作的人物对象的确感到威胁的存在；我认为许多人感到这世界是个很具威胁的地方。也许将来读这篇访谈的众多读者中不会有很多人感到我所讲的威胁。我们朋友熟人中的大多数人也不会感到这样的东西存在。但是假如你改变生活道路的话，威胁就存在，而且看得见，摸得着。"

我想提一提《你在圣·弗兰西斯科做什么》，提一提马斯顿这个人物。马斯顿显然处在某种"威胁"之中，这威胁既来自身边的人，又来自遥远的地方。身边与远方，这就是我们的世界，我们还能到哪里去呢？从身边，从远方，对马斯顿说，不断传来"威胁"的消息，这是邮递员罗宾逊眼中的马斯顿：

> 每天，我都能瞥见他仍在等我，不过是站在窗后，透过窗帘向我张望。我走后他才出来，我能听见屏风门的响声。如果我回头看看，他就显出不紧不慢的样子，朝信箱走去。

这是一个受了伤的人，已经禁不起惊吓的人。这样的人需要什么呢？卡弗能给他什么呢？善良的卡弗劝人们去"工作"，卡弗让罗宾逊对马斯顿说：

> 是什么使你不愿工作？我当年处在你这种境地时，是工作，白天黑夜地工作，让我忘掉一切……

当然，一切都不用明说，但善良无处不在，也许，将悲悯与怜爱控制一下，会更有力量？卡弗说："工作中的艺术家一定像创世纪的上帝一样——隐而不见但有万般能耐，处处感觉到他的存在却看不见他。"更关键的是，当一个艺术家自己也浸染在这个世界的悲剧之中呢？我不能想象契诃夫与卡弗能置身于这悲剧之外，而且，那是一种大悲悯。但无论是契诃夫还是卡弗，我们读到的都是极冷静的文字，难得一丝的温情与伤感。巴乌斯托夫斯基这样追忆道：

  在回忆契诃夫的大量记录中，几乎未曾有过关于他流泪的事。而作家洪吉诺夫却在契诃夫逝世前和萨瓦·莫罗卓夫同去乌拉尔时看到了他两眼噙满了泪水……是他极不愿让人看到的痛苦的眼泪。
  契诃夫隐瞒自己的眼泪是出于一种内心深处的善良，是高尚和勇敢的一种表现。他不愿给自己亲近的人的生活蒙上阴影，不愿看到别人为他而难受。

大师总是如此隐忍，面对着我们微笑，背对着我们流泪。

我们距布拉格有多远
——推荐一篇文学对话

《重返布拉格》是捷克作家克里玛与著名美国作家罗斯的一篇长篇对话，我是第一次读克里玛的文字，觉得他说得非常好，对话录译在《漓江》上，这是目前中国文坛不错的杂志之一，在目前好作品不多的情况下，《漓江》显得尤其耐看，因为它依托实力雄厚的以出版外国文学名著著称的漓江出版社，每期都有很好的翻译作品，它让我想起早已停刊的辽宁的《中外文学》，我在那上面读到了许多文学论文与作品的译作，我记得捷克作家昆德拉的许多中短篇就是它连续介绍的。

克里玛与罗斯的谈话是在1990年，那时还叫捷克斯洛伐克，还有杜布切克，戈尔巴乔夫也尚未退出政治舞台，现在的捷克与那时也已有重大的变化吧？这样说起来，我就有一种捷克始终处在动荡中的感觉和印象，这可能还与二次大战和著名的布拉格之春不无关系。克里玛与罗斯也确实花了大量的时间去讨论二次大战及苏军入侵之后的捷克文学，克里玛提到了当时很特殊的一种文学传播方式，以这种方式传播的文学称为"桑末滋德文学"，桑末滋德出版物是一些不为当局所容的作家、诗人、人文科学家们以油印、复印的方式流传的"地下出版物",克里玛提到了许多著名的作家以及后来带来国际声誉的作品,在当时,都是桑末滋德文学。发展到后来,桑末滋德文学已不再是偶然的,它已成为与当局的"谎言"文学足以抗衡并在其后被人们视为那个时代捷克真正的文学。中国当时相对强大的"地下文学"是诗歌,作为朦胧诗的前站,今天看来对它的评价实在言过其实,"文革"后整理公开出版的《第二次握手》《晚霞消失的时候》等小说艺术水平就更一般,尤其是它们的传奇特色和浪漫主义臆想仿佛与那个时代是隔绝的,我们从中看不见人们的反思和批判。所以,我说中国作家有种自古而来的软弱,缺乏强大的理性力量的支配,没有欧洲文艺复兴以来形成的足以与任何专政抵抗的人格力量、思想勇气和人文主义传统。

　　由于缺乏这些,我们很容易被击垮。罗斯用复杂的语气谈到了专制制度下的捷克作家,他说民主社会的作家可能缺少捷克作家的苦难而难有创造与创造之后的效应。克里玛一方面通过大量的叙述介绍了当时的作家、知识分子是如何在监狱、工场和平凡乃至卑微的场所从事着最繁重的劳动,并认为这是对作家们创造力和生存的严重摧残,但另一方面也不无同感地承认,苦难之于捷克作家,确实提供了可资思考的沃土。看来,关键是我们能不能善于利用苦难,从苦难中发掘思想,一个民族对苦难的有意义的超越方式显然不应该是遗忘或避而不谈。我常常这样善意地想,对"文革",我们之所以一直未能拿出真正有力度的作品,不是由于作家们的"遗忘"或搁置,而是思想的火候未到,虽然对后者，我们已表示了遗憾，但毕竟还在时间上心存希望。其实，中国的苦难又何止"文革"，中国的罪恶又何止那几个政客与弄臣，按克里玛和罗斯的意思，人人都应对世间的罪恶负责，只要这个世界还存在罪恶，那么，生活在这个世界的人都不是纯粹的审判者。对罪恶的审判按克里玛的意思可否分为三个阶段？首先是对罪恶的自觉的体认，这一点我们做到了吗？第二，是欧美大部分作家已经做和仍在做的，那就是将罪恶作为对象来进行审判，当然，即或这一点，也有高下深浅之分。第三步就是"自省"，在我们这个国度，曾经最为风行"灵魂深处闹革命"，但真正有勇气正视自己内心的罪恶的，尤其是通过文学方式予以审美表现的至今尚未读到，欧洲人倒是经常这样，是不是与他们的文化承传比如"原罪"有关？当然，不过，我确实很看重这一方式在道德、理性和审美方式上的重大意义。罗斯举了波兰作家塔德兹·鲍罗威斯基作为例子，鲍罗威斯基说关于大屠杀的写作唯一的途径是作为有罪者，作为同谋和参与者，在自传体小说《通向毒气之路，女士们和先生们》中，鲍罗威斯基鲜明地把自己放在奥斯威辛比一个囚犯所处的更加麻木冷漠的道德水准之下，准确地揭示了集中营的恐怖。我未读到这部作品，我想一位作家能对象化到这种地步，那他对人生的拷问与揭露肯定是深刻的和令人警惊的。现在我们不是在提倡重建人文精神，在倡导道德批判吗？不知倡导者想过没有，批判者首先应该是一个自我批判者，如果总是以道德偶像自居，那批判到最后总是不到位。罗斯提示了这种方式的存在依据：他在总结了一批东欧作家的实践后说道：

"他们都曾经从卡夫卡的甲虫中爬出来,告诉我们,当检视这个制度如何毒害我们的时候,尽管存在着讽刺性的细微差别,但这儿没有不受污染的天使,内在的邪恶如同外在的邪恶一样。"罗斯还指出了这种方式在道德与审美上的艰难:"这种自我鞭打,仍然不能从良心谴责成分中摆脱出来。你总是站在真实一边,承担着所有变成正当的、虔诚的、说教的反宣传等风险。"

克里玛与罗斯的对话有相当的篇幅提到了昆德拉与卡夫卡。对中国读者来说,昆德拉并不陌生,我曾反复以昆德拉为例说过一个作家对自己民族的反省与批判的重要与成功,不过后来也曾看到报道说昆德拉在本土倒不见得怎么红,但并未细想,也无法细想。读了这篇对话,才明白了捷克本土对昆德拉的态度,克里玛指出了昆德拉的意义及世界性的影响,但他同时描述并解释了捷克人对这位作家的"反感"。捷克人对昆德拉的生活方式有一种道德上的鄙视,当昆德拉以他的捷克批判系列赢得世界声誉时,捷克本土的人们,包括大批作家正承受着专制文化的摧残并坚决地为真正的捷克文学而工作。克里玛宽容地说,不能要求每个人都成为战士,但这话可能隐藏着另一层无法阻止的抱怨,即也不能要求每个人放弃对脱离战场者的责难。昆德拉的遭遇可能是普遍的,它反映了包括民主等在内处于低水平中的本土民众对境外作家和"流亡者"的普遍心态,是水中人与岸上人的不平衡。前几年索尔尼仁琴重返俄罗斯的遭遇也说明了这一点。不过,克里玛认为这些也许是不重要的,尤其是对有理性的人来说,因此,克里玛认为捷克人对昆德拉的反感中最为严重的应该是昆德拉也曾经是一个体制的赞美者,但当他离开本土后,却开始了对本土的批判,问题还远不止如此,值得仔细考察的是远离了本土的批判性写作是否构成了真正的对本土的深刻的有意义的批判?他的写作趋向是否真正是面对本土的,抑或是面对西方非本土读者、政治话语和根植于他们立场的想象?克里玛对此的分析才是我最感兴趣的:"像昆德拉承认的那样,极权主义制度对人们是可怕的难以对付的,但是生活的艰难有着比我们在他的表达中找到的更为复杂得多的形式。昆德拉的描绘,他的批评能告诉你的,是你可以从在我们那儿得到的。这么一种图景容易为西方读者所接受,因为这证实了他的期待,它强化了童话中关于善与恶的观念,那是一个好男孩一遍又一遍听到的。但是对捷克读者来说,我们的现实不是童话,他们期待一种更有穿透力的更复杂的图景,一种从昆德拉那种地位的作家对我们现实更深刻的洞察。"显然,克里玛在昆德拉与捷克本土读者的读写对立中更同情后者,他说:"当然是昆德拉对他的写作另外的抱负,而不仅仅是提供一种捷克现实的图景,但是他的作品的这些品质对一个捷克读者来说是那么的不中肯。"看来,批判与揭示的方式不应脱离"主战场",对西方话语的厉害我们是越来越有体会了,我们的一些海外华文写作情况可能更糟,至少不如昆德拉。这几年我们不断读到从海外进口的那几年"出去"的作家和理论家的著述,我的直感是显然不如他们国内的好,有的已经纯粹在为西方的话语编着中国注解,有的则已开始以浪漫的传奇故事来替西方读者做着非现实的古老的东方之梦,理论的阐释更为陌生,从概念到体系,俨然"汉学家",更为严峻的是,并不需要走出本土,在开放的今天,本土的写作也完全可以按西方的趣味进行,昆德拉曾经批判过媚俗,这种媚俗现在正以东方的方式如行云流水般地进行着,从理论到创作,绘画、音乐、文学,无不如此,因为只有这样,才能走向世界,向西方批发。作家圈子中,以外文译介的多少、以在国外出版(哪怕只能卖上百来本)的多少来攀比早已是时尚,这样的写作或"制作"趋向所带来的后果当是不言而喻的。所以,我赞同一些作家"汉语小说""汉语诗"的提法,我期待对这些概念能有文化内涵上的切实的注入与文化立场上坚定的界定,我之所以对那种无国界的有关"华文写作"的"世界大同"的畅想极为反感,道理也正在于此。

批判的真正的有意义的场所看来是本土性的,起码的一点是使批判者对苦难与罪恶始终具有切肤之痛。但需要进一步申明的是,知识分子尤其是作家的批判并不一定是直接的方式,而且,更深刻的批判可能是超越了罪恶与苦难之后,也就是说,罗斯所谈的自我审判并不是审判的最后和最高境界,最高的境界应是自由的境界,即一个作家也许并未直接面临苦难与罪恶,但他却先验地对人类的苦难与罪恶有着天生的体认,他的生活可能是极端个人化的,但他却能在这纯粹的日常的私人经验中发现它与人类苦难与罪恶的隐秘的联系,或者,苦难与罪恶尚未以它感性的极端的"事件"的方式发生,但作家却可以从人性的深层次出发,以想象、象征和寓言的方式去描绘那可能存在的一切。这一切是罗斯与克里玛在谈论卡夫卡时给我的启发,克里玛聪明地从卡夫卡的日记中摘出这么一条:"德国向俄国宣战。下午游泳。"然后指出,在卡夫卡那儿,"历史性的震撼世界的层面和个人性层面处于相同的水平上。"卡夫卡一生都在为自己的个人生存问题而苦恼,而纠缠于其中,但当卡夫卡从中产生了写作的欲望时,他感到的却是整个世界对一个人的压迫,周围到处是刀光剑影。我想,这时的卡夫卡还是不是那个生活中的卡夫卡呢?即使当他以为在以隐喻的方式诉说自己无法摆脱的困境时,他实际上已经走向了世界与生活在这个世界上的个体如何应对这样一个存在主义的实际上是谁也无法绕过去的问题,于是,那个世界的罪恶以及那个世界上的个体正在承受与将要承受的苦难得到了表现,可是,这样一个从私人性出发的写作冲动如何转化为一种普遍性的代言的创作机制有谁能说清楚呢?天才总是可遇而不可求的。我记下克里玛的话,宁愿将其视作文学的格言:卡夫卡的作品"证明了一个创造者,他知道如何深刻地和真实地表现他最个人的经验,同时也触及了超越个人的和社会的范围。"对于那些沉湎于"现实"而无法挣脱的、整天愁眉苦脸的写作者来说,看了这样的话肯定会获益良多:"文学并不是必须四处搜寻政治现实,或者为更换来更换去的制度担忧,它可以超越它们,同时仍然去回答由制度在人们中间引起的问题。"

克里玛与罗斯的对话还涉及许多更有兴味的话题,他们也在思考"改革开放"后捷克的文学命运问题,也在讨论大众文化对纯文学的冲击问题,真让人感到亲切。我不知道对这篇对话的理解深不深?有无误读的地方,因为我对捷克是那样的陌生,布拉格距我们太远了。那样一个小国,居然有由斯美塔纳、德沃夏克、哈谢克、卡夫卡……构成的传统,据说伟大的爱因斯坦也与布拉格有不解之缘!让人景仰,我们或缺的就是这些更具现当代意义的可资开掘的人文主义和理性的传统。

  这只是一篇述而不作的读书札记,感谢译者崔卫平先生和《漓江》杂志,是他们让我读到我认为是1997年最好的作品。

第二辑 向日常生活致敬

向日常生活致敬

前天去天津出差,入住在水上公园的一个宾馆,周围景色很好,但是却没什么商店,我口腔溃疡,平常喷点西瓜霜就解决问题,但那天偏偏忘了带,而周围却没有一家药店,我对负责会议接待的林老师说了,不一会,她就把药给我买来了,不但有西瓜霜,还有两瓶维生素。她说,口腔溃疡只喷西瓜霜不行,要另外补充维生素,否则还会复发。我说你会看病?她笑笑说,小毛小病的还行。

林老师年纪不大,自己是教授,先生是诗人,我以为这样的人是不食人间烟火的,哪知后来聊聊,竟然是一个非常家常非常生活化的人。这让我有了许多的感慨。

现在,社会对学校、对老师的要求很高,各方面对老师的素养,对老师的继续教育也有不少的规定,但要我说,老师最基本的素养就是要学会生活、会生活,并且热爱生活。我碰到以前的学生,首先询问的就是他们的生活状况,会不会料理家务,菜做得怎么样,有什么工作以外的兴趣爱好,有没有几个知心的朋友,逢年过节走不走亲戚?如此等等。看到学生家庭和睦,生活幸福,比听到他们在业务上取得进步还要高兴。

这样的要求和理想是不是太低了？是不是有些太世俗化了？是不是与他们的职业太不沾边了？我不这样认为。要把这些关系说透，认识到会生活对一个老师的重要性，对教育的重要性还真不是简单的事。教育的目的是什么？教育的目的就是帮助人获得生存与生活的本领。不管一个人将来从事什么工作，都必须能继续自己的生活，解决日常生活中的问题。我们的教育一直有一种忽视和轻视日常生活的倾向，在教育中也一直将知识的学习与日常生活相脱离。日常生活一般是不会纳入学生的学习内容的，学生的学习与他的日常生活是分离的，他只有学习的任务，而其日常生活则交给他人，交给父母去料理。在知识学习与养成教育中，日常的、世俗化的生活更加边缘化。未来、理想、职业、人才、贡献、杰出，包括财富、明星、时尚等等，在这些传统大词与流行的概念与价值观中，总是难以寻觅到日常生活的影子，嗅不到人间烟火味，看不到油盐酱醋茶的坛坛罐罐。

其实，从人类的延续与个体生命的保障来说，日常生活比什么都重要。因此，相应的，人们在日常生活中建构起了丰富的知识、规范、趣味、伦理与精神。由于日常生活的无所不包，它涉及人们与这个世界，与人与自然广泛的联系。我们知道自己身体的秘密吗？如何使它更健康，更能给我们提供劳动的保障？我们应该如何处理和安排与周围人群的关系，如何与亲人相处？我们知道食物来自哪里，它们又分别是在哪个季节与我们相遇，它们的性格如何？在生活中，我们会遇到怎样的困难，又该如何应对？我们了解春夏秋冬，日月晨昏，了解节令的内容和地方的风土人情吗？我们该如何才不至于悖逆时日，违反了"规矩"？这些看起来确实平常，以至习焉不察，但从尊重人的生命，从以人为本的最基本的生命伦理来说，它又确实会给人全面的教益，是我们所必需的。

不要轻慢日常生活，一个热爱日常生活的人肯定是一个热爱生命的人，一个朴实勤劳的人，一个富有情趣的人，一个聪慧灵动的人，一个能将生活提高到审美境界的人。这样的人并不少，比如我们熟知的苏东坡就是一个。这个中国宋代的政治家、文学家一生受到多次不公正的待遇，一会儿被发配到这儿，一会儿又被贬到那儿，但是都不能改变他对生活的态度，都不能减少他从生活中寻找乐趣，甚至创造生活的热情。即使身处穷乡僻壤，他也能从大自然，从当地的风土与人情中发现新的感觉，发现诗情画意。苏东坡的一生不仅给人们留下思想与文学遗产，还为我们的日常生活增添了许多的花样，仅以东坡命名的菜就有多少啊！正是这种对生活的热爱使这位诗人能从容地面对命运的波折，叙写诗意的人生。

千万不要认为日常生活与精神无关，与形而上无关。一个真正懂得日常生活的人是能够从中发现思想，不断体会到精神的高度的。一花一世界，一木一天地，日常生活的细枝末节与我们头顶上的星空始终交相辉映。这样的精神首先在于人道与人性，日常生活的世界首先是此岸性的，它关乎人的生命，关乎人的幸福。承认日常生活的意义就是表明人的肉身与感官享受的正当与合理，只有它，才是人幸福的确证。其次，日常生活是人类生活走向进步和科学的最直接而直观的证明。一些新的生活方式产生了，一些旧的生活方式淘汰了，一些文明的习惯养成了，而一些野蛮的行为被摒弃了，这就是人类的文明史，也是人类的日常生活史。而这样的改变是无数认认真真生活的人们不断探索、尝试、学习、斗争和积累而得来的。再次，日常生活的另一种说法可以说就是文化。以日常生活中我们不可忽视的风俗来说，它就是传统文化重要的传承方式。作家郭文斌的长篇小说《农历》可以生动地说明这个问题。小说以中国传统节令为叙事线索，讲述了一个农村家庭的日常故事。乡村风俗的许多内涵与功能在郭文斌小说中都得到了体现。由于风俗是建立在自然、生活、劳动与血缘的基础上的，在规范与调节人与自然、人与人的关系上具有坚实而隐秘的作用，是道德、生活习惯等等的集中体现。风俗的内容非常丰富，并且具有开放性与包容性，众多可能冲突的学说都可以安居其间，比如儒、道、佛，以及其他民间宗教，它们都参与到文化传承与生活方式的构建中。总的来说，日常生活中的风俗习惯以生活的具体方式参与了民间价值体系和观念形态的培育、塑造、修复甚至重建，具有教育的功能。《农历》采用的是童年视角，有一个父母与孩子的对话或教诲结构，而且孩子们的心理上也有一个感悟的语义模式。小说是生动的，它形象地告诉我们，乡村的风俗教育不仅是教诲，更重要的是让孩子们参与到实践中，甚至可以通过游戏的方式来获得。小说中有许多关于节令的程序的描写，如同知识考古一样。从本质上说，风俗就是一种仪式，是一种文化记忆，是我们集体记忆的重要途径之一。郭文斌笔下的那些日常生活中的仪规、礼俗实际上都是一些特殊的文化文本，积淀了深厚的文化内涵，具有丰富的象征意义。虽然五里不同语，十里不同风，但在一定区域与社群范围内，通行的礼俗作为外在的符号、工具、程序以及组织者的权威而具有强制性，会营造出特殊的氛围，而使参与者在哀伤、敬畏、狂欢与审美的不同情境中获得行为规范、道德训诫与心灵净化。过去的乡村少年就在这些仪式、规范与禁忌的反复熏陶中成长起来。《农历》讲述了日常生活的一个方面，小说告诉人们，日常生活并不是无序与琐屑的，它其实有着外在的形式与内在的肌理。

其实，我不知道现在的老师们怎么看待日常生活。是如我担心的看轻，还是被工作挤压得失去了日常生活？是日益流水线和格式化的方式取代了日常生活，还是不愿将其展示给学生？抑或，一切都杞人忧天。我们的老师正活泼泼地向我们的学生呈现着日常生活的生动、鲜活和丰沛。在学生眼中，一个热爱日常生活的老师是一个完整的而不是片面的人，是一个生动而不是僵化的人，是一个感性而不是抽象的人。而一个真正热爱日常生活的老师才能够将生活的秘密与人生的哲理传递给学生。

让我们向日常生活致敬！

乡村游戏

现在，乡村与城市的差别是越来越小了，到乡村走一走，除了田野里的庄稼，你会看到许多在城里同样可以看到的景观，这些景观中，娱乐与游戏是首要的，台球、电子游戏机、录像、卡拉OK、舞厅等等。

而真正的乡村游戏正在消亡和变形，想起来这是很让人遗憾的。更让人吃惊的是，以我的年龄再怎么充老成也不过算个中年，但即使对于我，昨天的乡村就远不是如今的这副模样。那时的乡村虽然落后、贫穷，但喝着稀粥、穿着补丁摞补丁的衣服，将独轮木车艰难地推在泥泞小道上的乡村人仍然有他们一年到头都玩不够的游戏，有许多是再也见不到了。比如踩高跷，以前在我们这一带其实是很流行的。每个村都有一两个踩高跷的好手，他们会踩在几尺高的木跷上行走如飞、俯仰自如，还会出其不意地在看得入了神的姑娘们的头上摸上一把。再有，砸钱墩、滚铜钞，这种游戏有点带赌博的意思，但赌的不是"现钱"，而是"古钱"，古钱是不能买东西的，那还是什么钱呢？那时可供玩耍的古钱品种繁多，带方孔的叫"小钱"，不带方孔的紫铜所铸的称"铜钞"，而白银所铸的则为"洋钱"，洋钱就是统称，又分"袁大头""鹰洋"等等。砸钱墩就是参加游戏的人将自己的铜钱叠放在一块砖头上,然后在商定的距离外画出一条线,用自己特制的铜钱(比如讲几枚"铜钞"用铅熔铸为一体,使其更具重量和威力)投向"钱墩",砸下的铜钱便归自己所有。那时的铜钱真是多得烂了去了,家里的随便一个角落都会发现一大把,挑猪草时从田里也能拾到许多上了铜绿的小钱,那时哪家的铜盆、铜炉、铜铲、汤勺坏了,拿出去修,游走的铜匠看了裂痕后第一句话便是:"拿两个铜钞来——"我们便围上前去看小小的泥炉在小风箱的呼啦中通红起来,而那圆圆的铜钞在炉火中慢慢变红变软,铜炉上便多了一个紫红色的疤……谁会料到这些东西在今天会变得那么值钱了呢?那时最烂的"铜钱"还最贵。我有一次在古玩店随意翻阅一本《古钱目录》,居然有上了万的!我们那时的乡村少年竟然就那么随随便便地将这上百上千上万的东西砸来砸去,玩腻了,随手送给同伴的都是麻绳穿着的一大串。

"炸麻蒜"也看不到了,长大后,我疑心这种游戏可能来源于远古的烧荒农事或另一种更为神秘的祈祷。这种游戏是在春节过后的正月十五左右,夜幕降临之后,男女老少就擎着火把来到野地里,星星点点的火把从四面八方飘来,渐渐地越来越多,夜色便被逼到远处,人们的情绪也随着高涨起来,唱呀、喊呀、闹呀,将手里的火把舞成了流星,舞成了理不清的火线团。有时,小伙子们将隔年的"蚕龙"拖出来,一把火点着,蚕龙是用上好的小麦秸秆扎成的,一般总有几丈长短,点燃之后,那火便窜将开去,伴随着麦秸噼噼啪啪的爆裂声,如烟火样的无数火星便飞溅开来。胆大的小伙子勇敢地走上前去抖动起"火龙",那"火龙"便如活了一般,四处游动,上下翻飞,愈发地喷烟吐火,而姑娘们则立即夸张地惊叫起来,如兔子样娇嗔着、躲闪着,这当然更刺激了抖火龙的年轻人,更加狂放地舞起来,并且大胆地唱道:"正月里,炸麻蒜,拾到新娘子的……"乡村的歌谣是粗野的、质朴的,那是怎样裸露的张扬的情绪的世界呵。

细细想来,好像放风筝现在还有,而且,城里也有。我的家乡是风筝盛行的地方,但记忆中属于真正的乡村游戏中的风筝好像只有两种,一种是我们孩子们玩的,简单极了,只要一吵"放风筝",大人们便会随手从屋上拔下两根陈年的麦秸,找张纸片十字形一穿,再从奶奶纺线的线锤上放一段纱线系上就成了。于是,乡村田埂上便有了我们尖细的呼啸声,而那"风筝"也就在我们的奔跑中摇摇晃晃地上了天。其实,这不是真正的风筝,真正的风筝我们称之为"板鹞"。那是家境较为殷实的人家才玩得起的。于是,扎板鹞、放板鹞也就成了村里的一桩大事,到了暮春时分,人们总会到家境好的人家那儿去起哄、鼓动,有的禁不起鼓动的便大腿一拍"扎"。也有鼓而不动的,好事者便再游说,于是大家凑份子,请来专扎板鹞的师傅,一扎就是几天,好肉好酒地款待。好大的板鹞呵,有两张八仙桌那么大,有多重呢?要几个大汉才举得起,那是上好的细木料,从外地购来的一面光一面粗的特纺布料,上面缀满了大大小小的哨子,大的是瓠子做的,小的则是杏核雕成的,放板鹞的那一天是全村的节日,百米长的队伍,大汉们几丈一对几丈一对地排着,一个个喝足了酒憋足了劲,攥着那手臂粗的麻绳,指挥的人看准了风向一声令下,大汉们跑起来,愈跑愈快,跑一阵,松下一对汉子,跑一阵,松下一对汉子,而那板鹞也便越飞越高,令十几个汉子拽它不住,如拔河般仰着,那穿着草鞋的脚直在麦地里犁出一条沟来,最后,总会恰好抵到一棵高树下,于是缚定,几乎全村的百姓都仰定脖子看那已细得如盘子大小的什物,听风吹哨子,粗粗细细,直传几里以外。

现在这样的场面是看不到了,我居住的小城倒是年年有风筝节、风筝会的,连外国人也来了,花样真是过去的乡村少年无论如何也不能想象的,竟然那么精致,那么色彩斑斓。然而,我总觉得没有乡村扎放板鹞那么过瘾,现在什么都成了"文化"了。

而一沾文化,离乡村也就远了。

我记忆中的乡村游戏啊!

手　炉

苏州作家荆歌一见到我便问"你说的那把手炉呢？"荆歌是江南才子，以文学起家，后来听说其书法快盖过文名了，近来他的雅兴又转到收藏古玩，每到一处，常置山水风光于不顾，一个劲地往古玩市场跑。他问我的那只手炉是我家的，不知在哪次聚会时我偶然说起过，他便殷勤地一问再问，想看看我那只手炉究竟如何，也是有专家鉴宝的意思。

现在是收藏热，哪家没有一两件宝物？但我并不搞收藏，家里也无宝物，这只手炉是我祖母给我的，圆形，高八厘米，直径十厘米，白铜制成，炉盖为镂空刻花。还是在我们小的时候，我就用它了，每年寒假我都要回到乡下祖母那里，天冷了，祖母便把手炉拿出来。现在超市里都有精制的烤火木炭卖，考究的还用从日本进口的香灰和炭团，虽然方便，但也失去了许多情趣。祖母称烧手炉为"挑火"，先将炉底铺上厚厚的稻壳，再从炉灶的炉膛里将烧得通红的小木块，放到上面，这是火种，是从灶膛里挑出来，所谓"挑火"大概就是这么来的吧。然后再在上面覆上厚厚的稻壳，压实，盖上炉盖，就可以焐手了。一开始，手炉还是冷的，慢慢地就热了，火种引烧了稻壳，等到烧到炉壁，就得用厚布裹起来，否则，手就会烫坏，壳烧到炉壁，也就烧完了。不过这个过程是非常缓慢的，我经常想起在老家过寒假的日子，门外大雪纷飞，天地皆白，我们兄弟姐妹轮流焐着手炉，围坐在祖母身边，听她讲故事，祖母不识字，但她能记住许多戏文，特别是我们那一带的说书，叫"七字段"，她能记得很多很多。那是我童年最温馨而美好的场景。手炉对于孩子而言不仅是焐手，还可以烧烤，有时候天不一定冷，但我们也嚷着要烧手炉，目的就是为了烧东西吃，手炉太小了，只能烧花生、蚕豆、黄豆之类的，一次烧不了几颗，常常等不到熟就扒出来吃，觉得特别的香。

这样的场景已经一去不复返了，生活方式的改变，生活条件的提高，使许多本是家常的物件退出了人们的日常生活，有的幸运地进入了审美，成为艺术品，而更多的则永远遁入了黑暗，被人们永久地遗忘了。有一年祖母身体不好，我回去看她，她絮絮地讲述我儿时的故事，大多数我都不记得了，但她说我喜欢用小手炉烤花生蚕豆我是记得的，祖母便在橱里翻找，找出了我儿时的许多饰物与玩具，玉坠、项圈、长命锁、陀螺、贴画、弹子，还有许多花花绿绿的涂鸦小本子，祖母都收着，这让我很惊讶，我的童年被我祖母如此完整而细致地收藏着，这是一种怎样的怜爱呢？我将这些玩意儿都带走了，连同这只小手炉，这些玩意儿如同记忆里的灯塔，照亮了我已经渐渐淡去远去的童年记忆，凭借它们的指引，我寻觅着过去的时光，并将它们讲给我的女儿听。女儿小时候的生活已经与我的童年完全不同了，有游乐场、电动玩具和动漫，但她依然羡慕我的童年，她不知道也不必知道我们童年的贫穷与寂寞，只要知道乡野、自然、伙伴，知道那些传统的习俗与游戏就够了。

　　祖母教会了我如何珍视下一代的童年，我将女儿小时候穿的衣服、玩的玩具、喜欢的洋娃娃、胡涂乱抹的画都收着，女儿现在快大学毕业了，但把玩儿时的物件还是她十分喜欢的节目，一边翻捡着那些越来越旧的玩意儿，一边回忆与它们相连的生活，常常会笑出声来。每当这时，我都会抬头看看书架上的那只手炉，它静静地在那里，泛着古铜的幽光，它是祖母留给我的念想，更是她无声的爱与教诲，是我最为珍视的收藏。

祖父是个庄稼人

我已经在许多文字里提到我的祖父，我非常怀念我的祖父在夕阳中向我走来的情景，老人拄着拐杖，头上细密的汗珠，一见到我，便笑起来，那种笑，真的，在我的眼里就如孩童一般灿烂。

祖父一生与土地打交道，但到了晚年，他实际上已经是一个住在农村的"城里人"了，户口进了城，田也没有了，只有绕着三间祖宅的一点土地，但他依然兴趣盎然地侍弄着它们，精心地在那一点点地块上安排着一年的水旱作物，春种秋收的四时农事从不误节令。祖父来看我，带来的东西都是他土地上的收获，一小袋大米，几把大豆、蚕豆、绿豆、赤豆、玉米什么的，当然，还有各式的蔬菜瓜果。那么少，我真的不知道如何消费它们，我女儿把它们一样样摆在桌上，像过家家一样。祖父坐在一旁，看着他的第四代，用他的乡音讲述着这些粮食的来龙去脉，选种、耕地、施肥、锄草、捉虫，点点滴滴，那眼光，真好像要看着雨水洇入到田里一般。

祖父没有上过学，但我只要一看到祖父就常常想起"卑贱者最聪明"这句话。祖父有一本毛边纸钉成的本子，一种特殊的现在市面上早已看不到了的笔，这种笔只有沾上水或唾液才能书写，写出的笔迹又粗又重，蓝中带紫，我的祖父就在那本本子上记上他的大事，他的收入、支出，他田里的收成，他圈里的猪、窝里的鸡。只有他才看得懂他的那些"字"，祖父时常捧着记得厚厚的本子嘴中念念有词地盘算着一家的经济大事。一个人，用别人看不懂的符号记着几十年的事而丝毫不爽，奇也不奇？祖父算账从不用算盘，是心算，用家乡的话讲就是"肚算"，他上街买卖东西，结账时总是一声不吭，由着别人把算盘拨得叭叭响，响声未停他已报上账来，毫厘不差。有一回祖父跟我们一起上街买菜，我们跟小贩掐斤算两，头都吵大了，祖父在一旁小声说，给他十四块二角，让他占你二厘。

我的老家在如泰海三县交界处，一向贫困，小时候我哥、我姐和我三个人都跟祖父祖母一块儿生活过，家境不宽裕，在我记忆中确有吃树叶的事情，但只要有办法，祖父总是让我们吃得好一点。我哥给我说过一件事：祖父上河工，每人一天能分得一碗胡萝卜米饭，祖父便将胡萝卜挑出来吃，把米饭捏成团揣在怀里，每天往返十里带给他的孙子吃，到现在，哥哥还记得他那时最开心的话："爹爹吃萝卜我吃团。"

在一篇随笔中我曾说过这样的话："生命如烟，无风也散；生命如草，无霜也黄。"现在我又想到了这句话，因为我的祖父去世了，祖父去世时年近九十，也算得上高寿了，但我依然有生命如此脆弱的感觉，因为年初三，祖父还跟我们说着话，挨个儿叫着我们的名字，报着我们的生日，还点着我下巴上的一颗痣说："我们家几代，都在这儿长个'等饭痣'。"一切的一切就在昨天，不想初八，说走就走了。

祖父晚年被我父亲接到了小镇，离开了他的土地，他的祖宅，听小镇上的人说，老人每天都要拄着拐杖到镇边的庄稼地里去看看，他住的小屋前有几个破花盆，他便挖来土，栽上蔬菜。祖父去世后我去整理旧物，看到门前的几盆蔬菜依然葱绿健壮，那里面，有九棵青菜，五根大蒜，一小盆米葱，还有四棵蚕豆。

祖父走了，他看到了他的庄稼了吗？

音乐生活

我想，大多数人的音乐生活都开始于童谣，可惜现在已很少能听到真正的童谣了。我至今还能忆起祖母为我们吟唱童谣的情景，那是在黄昏，天色暗了下来，白天的乐园渐渐成为让孩子们害怕的黑影，我们如归巢的小鸟依偎在祖母的周围，灶火随着风箱一闪一闪的，映着祖母花白的头发和满是皱纹的脸，祖母的吟唱悠远、绵长，仿佛古老的故事。或许童年时代的我就特别敏感？我总觉得祖母的歌谣有种说不出的伤心。

祖母给了我对音乐的第一印象，我觉得音乐就是那些古老而伤感的旋律。少年时代，我常随父亲在外，父亲工作在一所乡村小学，那里有许多未曾开垦的草甸子，大得望不到边。校园里有一处药园，春天，银翘伸展出柔软的藤蔓，和牵牛花一起开出紫的、红的、黄的大大小小的喇叭花，随着百草的萌生，散发出淡淡的苦涩的药香。乡村有许多人迹罕至的大小池塘，荷叶静静地立着，芡在水面放肆地铺着硕大的带着翘边的叶子，除了蝉鸣，你听不到一点声息，水清得让你时时产生幻觉，要不是天光云影，你是不会觉得它的存在的。秋天，草黄了，苍茫的一片——都说音乐家的创作与他童年生活的环境有着隐秘的联系，那么聆听音乐的人呢？少年时代的乡村景色在我日后的音乐生活中总是时隐时现。

我就是在这样的景色中听我父亲吹箫的。我父亲是个时运不济的人，他原本可以做许多的事，比如音乐。长大后我曾问过我父亲的同学，他们对我父亲的记忆就是他是班上音乐最好的学生。父亲上师范时的条件相当简陋，学生只能在自己课桌上绘制的琴键上练习。到了高年级，教室的前面才有了真正的风琴，而有勇气上去弹奏的只有我父亲，他的琴声使他的同学黯然失色，自惭不前。父亲会许多乐器，但乡村小学的生活使他独钟竹箫。和祖母一样，父亲也是在黄昏时分与我开始一天的音乐生活，我，也只有我，是父亲的听众。父亲倚着门，看门外渐趋模糊的大草甸，长箫轻举，那含蓄、如泣如诉的乐声便悄然而起。父亲有许多心事，对儿子也无从说起的心事，这些心事，使得箫声渐渐凄凉，在箫声中，我觉得我很伤心、很孤单，我会嗅到苦艾的味道，我会看到幽静的池塘，我会感到草枯树凋迎面而来的秋风，我会哭起来，我为我父亲的箫声而感动。

其实，如果真的谈起音乐，我可能说不上什么，但我拥有属于我的音乐生活，而我认为并不是每个人都拥有自己的音乐生活的，一个家藏万碟的人，一个每周光顾音乐厅的人，一个天天都要听听音乐的人，就一定拥有属于自己的音乐生活？音乐生活并不是指对音乐资源的占有，它同时也不是一个时间和空间的概念。当音乐成为生活时，它一定渗入了你的骨髓，在你的生活中，一些乐句和旋律会时时飘起，熟悉的和久别的。而你的生活则可能是一首歌或一种旋律，它是命定的——我怎么挥得去那幽远与苍凉？

当音乐构成你的生活时，它必然同时成为你的表达，这样的感受纪伯伦说得比我更精当而富有诗意："我坐在我心灵的爱恋者身旁，听着她的诉说，我悄然无语，静静地倾听。"音乐表达确实可以帮助你寻找到真正的爱恋者和心灵的同路人，当你与她同为一首旋律感动时，语言变得多余，音乐在传递对话。那样的时刻多么美好，你真希望那一刻永恒。

是的，音乐生活是一种寻找，一种心境，一种相遇。即将写完这篇短文时，我读到了阿索林的《夜笛》，夜笛在阿索林的笔下吹了一个轮回，从童年无邪的双眼到老者沧桑的面容，它无所不在。阿索林的文字照耀了我的音乐生活，我庆幸读到了它，庆幸这样的相遇，它使我的音乐生活得到了最终的明晰：

> 它的声音像晶体一样清脆，这是一个古老、悠长而忧郁的曲调。

吃的是性格

以前过年过节有许多的讲究，有的讲究是场面上的、礼仪性的，有的讲究则与吃有关。记得小时候进入腊月后，祖母总要全家人吃慈姑炖白肉，不放盐，对一般人家来说，这可是奢侈品，但是味道一般。祖母说这个时节吃这个好，吃下去可以补一年，嫌不好吃就当补品吃吧。

后来我发现，一年到头，祖母按时令吃的菜还真不少，腊月里吃酸菜，是胡萝卜叶腌制的，清明时节则吃杨柳面饼，就是将刚发芽的杨柳叶子采下来和上面薄薄地"摊"在锅里，非常好吃。到了麦子灌浆将熟未熟的时候会将麦粒捋下来做"嫩仁"吃，这种食物究竟怎么称呼我到现在都没弄明白，我们那儿都这么叫，是将要熟的青麦子搓去壳，上锅蒸，再上石磨磨成颗粒状，清香可口。河南著名的小吃"捻转"的做法就是这样的，我们邻县也有直接将青麦粒炒了吃，称"炒青仁"，味道也不错，现在好像都没有这些吃法了。端午节就不用说了，鸭蛋、青蚕豆是我们喜爱的，但雄黄酒和苦艾汤我们就不爱喝了。

仔细想想，我们祖辈的饮食起居始终和自然保持着大致相同的节律。自然的节律太厉害了，春夏秋冬，寒来暑往，日出日落，斗转星移，潮起潮落，草木枯荣，直到生老病死，哪一样不是自然的节律在主宰着？是自然教会我们如何安排生活，于是有了四季，有了十二个月，有了二十四个节气，有了春种秋收……为什么要在清明时节吃杨柳饼？那是提醒春天到了，该安排活计了。为什么急不可待地将未熟的麦粒捋下来蒸着吃？那是老天告诉我们这样可以度过青黄不接的日子。而苦艾和雄黄则是为了预防即将到来的暑毒……

在我的印象中，祖辈们对天地总是怀着十分的敬畏而又无比的亲近，自然就在他们的心中，他们就是自然的一部分。我祖父从来不看日历，他也不识字，但却不会弄错日子，他记的是农历。我祖父活了近九十岁，几十年过下来，月大月小，还有那么多的闰月，他竟然毫厘不爽。哪天拜神，哪天祭祖，清清楚楚，有条不紊。他也不听什么天气预报，我问他不听怎么知道今天几度，他反问，你连冷暖都不知道？我说好歹晓得明天下不下雨啊，他说那看看天不就晓得了？小时候天没亮时，常常听到开门的声音，那是祖父出门看天了。

祖母说起吃来既重又轻。她经常说不要管吃多吃少，也不要问好吃不好吃，吃嘛，"不就是吃个性格"，这话真的禁得起琢磨。食物是有性格的，特别是来自大地上的草木。菜蔬应时而生，带来的是大自然的消息。是寒了，还是温了？是干了，还是湿了？是软了，还是硬了？是甘了，还是苦了……这些都不仅仅是味道，它们还是性格，是大自然应时而发的脾性。大自然通过草木将消息传递给我们，与我们交流、对话，提醒我们跟上它的节律，与它一起生活。祖母真是个自然哲学家！

　　古代有个词很尊贵也很严厉，叫"月令"，一年四季，就该按月令生活，而现在呢？全乱了。不见了四季，没有了寒暑，草木也被勒令易季而生。现在什么吃不到呢？祖母若是活到现在，该不知怎么吃惊哩。

三代人的酒

我祖父喜欢喝一杯,虽然是庄稼人,家境也不宽裕,但他每天晚上都要喝那么几小盅。下酒菜非常简单,花生米、黄豆、茶干,一般也就这几样,有时就是自己家里腌的咸菜。如果哪天祖母给他端上了咸鸭蛋、腌肉之类的,那就是祖父开大荤了,他会端着酒杯笑眯眯地问:"今天是什么日子啊?"

祖父喝的酒是都从公社供销社打回来的散装酒,据说是山芋干酿的,好的也就两三角钱一斤。父亲知道祖父好这么一口,逢年过节的总要带几瓶瓶装酒给他,一般不外洋河大曲、双沟大曲什么的。那时洋河大曲并不贵,但在一般人家,却是难得问津的奢侈品。因为这些大曲酒供应不多,常常要等到过年时单位发,或者就是找熟人,凭票买一些。所以总得等到家里有大事、请贵客,祖父才会从橱里或床底下拿出几瓶来,抹抹瓶上的灰,带着炫耀的口气说:"今天请你们喝洋河!"放的时间长了,酒瓶上的标签常常都掉了,有的已经被老鼠啃得残缺不全。如果标签还完整,我们就会小心地将大人喝剩的瓶子放到水里,等粘商标的胶溶化了,再将它们揭下来,晾干,与糖纸、展平的香烟盒一起夹到课本里,那是我们儿时的收藏。

但对这么好的酒,除了招待客人,祖父自己并不欣赏,他说喝不惯,"冲"。后来长大了,我知道了食物与人的关系方面的知识,据说一个人对食物的适应来自于他的童年记忆和长期相对固定的习惯,这使他对其他食物常常难以接受。祖父对酒的适应只限于他的乡村土造酒,正如父亲只喝白酒,而对啤酒、洋酒、甜酒等一概不感兴趣一样。而且,他似乎只喝烈性的曲酒,也就是度数高的那种,每当我们拿出一瓶酒,他都先要看看度数,如果是低度,他宁可不喝,用他的话说就是还不如干脆喝水。父亲带回老家的那些酒到头来许多都是被他自己喝掉的。在祖母呼啦呼啦的风箱声中,祖父和父亲坐到八仙桌边,煤油灯暗黄的火苗在晚风中摇曳,父子俩各人面前一瓶酒,他们高声地说着话,谈论当年的收成,诉说着故人往事,脸上汗津津地发着光。若干年后,我读到作家汪曾祺的文章《多年父子成兄弟》,就想起了我的祖父,想起当时的场景,真是温暖得很。

我的父亲很有些酒量。我和我哥哥在同学和朋友中已经算得上能喝的了,我们曾在南京同学两年,弟兄俩每个星期都要到清凉山附近的小酒馆喝一顿。按照父亲的推荐,喝得多的当然是大曲酒,少年气盛,喝到兴之所至,常常忘乎所以,指点江山,激扬文字,臧否人物,纵横天下,真的是舍我其谁!同学聚会,只要有我们兄弟在,那酒就会喝得非常的热闹,上阵亲兄弟,剑锋所指,无往不胜!但与父亲一比就差远了,去年过年时,父亲还端着杯子对我们兄弟俩说:"你们不行,别看我七十岁了,恐怕你们俩还是喝不过我。"父亲"文革"时下放到农村小学教书,把我带在身边。读诗、种草药、吹箫、饮酒，构成了他那几年生活的大部分内容。我觉得父亲那时脾气特别大，常常与别人斗酒，动辄酩酊大醉，他就不服气，他弄不明白怎么就喝不过别人，自己的酒量都哪儿去了？落魄的父亲已经没有条件去挑拣酒的品种了，他喝的只能是那种土造的散装酒，在他看来那简直就不是酒，但是直到落实政策回到城里，父亲也未能征服它。每回酒醒，他就说，要是喝曲酒就好了。长大了，我慢慢理解了父亲，理解了他那时的心情，他一定有许多的困惑、迷茫与痛苦，表面上寄情诗酒，不拘小节，但内心的郁积与人生的失败感依然无法排解。我想，即使那时给他最好的曲酒，他也会醉的吧？

等到我们开喝的时候，酒已经是品种繁多，五花八门了，如同其他食物一样。在这样的环境中，我们被吃出了一个无所不包的胃，一张无所不喝的嘴。相比起我们的祖父与父亲，在喝酒上，我们可以称得上是"广谱"的一代。我们什么不喝？常常是喝了这种换那种，离了酒店进酒吧，但是，在这胡喝海饮中总觉得少了什么，当你什么都喝的时候，你对酒的信任、理解与亲密也就没有了，你喝了那么多酒，但在酒中，你可能一个朋友也没有。我常跟人说，我在家是滴酒不沾的，似乎自己是个好男人。对此父亲一针见血地说，那是你与酒无缘，真正喜欢酒的人是一天也离不开酒的，喝酒不在多，关键是每天的那么一口。

不得不承认，祖父和父亲比我们更懂得酒。父亲是文人，对酒固然有透彻的理解，而他在酒中曾经的人生况味于我们可以说是一本要慢慢品读的书。祖父一辈子种地，说不出高深的学问，但与酒自然地流露出一种乡土情怀，他对酒的喜爱，真的是一种境界，乐而不淫，哀而不伤，一杯酒，几垄田，便是他的快慰人生，这我们就更达不到了。难怪我现在与酒已经是渐行渐远，少年时的火气一旦褪去，我发现酒竟变得那么遥不可及。

从小到现在，我都喜欢看我父亲喝酒，特别羡慕他在酒中的那份快乐。父亲的饮酒简直就是一个仪式，到了开饭的时候，他万事不管，从固定的地方拿出他的酒瓶和酒杯，整理好座椅，放慢每一个动作，开瓶、斟酒、盖瓶，环顾四周，然后轻轻端起杯子喝下一口，这第一口他总是不急着下咽，而是留在口里盘桓片刻，随着那一口酒落肚，父亲立刻神清气爽。我在一旁看着父亲，暗想，世界在那一刻一定是最美好的吧。

学习过年

一代人有一代人的烦恼，有大烦恼，有小烦恼。比如，独生子女长大成人后，怎么过年？在哪儿过年？和谁一起过年竟然成了一年一度令人头疼而且几乎没有完美解决方案的大烦恼。这在以前是不可想象的。这怎么会成为一个问题呢？过年不回家还能在哪儿？不跟父母亲，甚至不跟爷爷奶奶一起过年还能跟谁过年？至于结婚后到哪家也不是问题，女子结了婚就是夫家的人了，不到公婆家过年怎么成？难道她不是那一家的成员？难道她过年连祖宗都不拜？

这么一问，问题的关键就出来了。过年不仅是年夜饭，压岁钱，不仅是辞旧迎新，甚至不止于亲人团圆。它是一种仪式，承载了太多的内容，亲情、友情、乡情，一个民族对自然的认识，对时令的安排，对生命的感悟，对遥远的历史的体认都在其中。认认真真地回家过年，把所有的程序与仪式一一走遍，虔诚地将天上的神仙与逝去的亲人一一请来，从吃腊八粥到闹元宵，一丝不苟，欢喜而隆重，这是多么高大上的事情！祖父母在世的时候，我们家的年都是在乡下老家过的。年在老一辈的人心中是非常庄重、严肃与神圣的，对他们来说，好像并没有多少欢乐和享受,更多的是忙碌,是筹划,是一道道不知从什么时候传下来的程序和仪式。过年不仅仅是人间的事,而且的是神仙与祖先的事,许多的仪式都是为了他们,来不得半点的潦草与马虎。所以,老家那地方虽然穷,许多人都在外谋生,他们长年在外,乡音渐疏,但是一到过年,都挈妇将雏回归故里。如同一群鸟,在傍晚时分纷纷飞回筑巢的林子。城里人回家过年是那个时代贫瘠乡村严冬时日每年如约而至的风景。自行车、花花绿绿的衣裳、大白兔奶糖、飞马大前门香烟、咸带鱼、皮蛋和夹带着陌生口音的问候荡漾在故乡灰头土脸的阡陌交通间。这样的景象喻示着重要时刻的来临,跋涉千山万水,并不是亲情与团圆能够解释的,游子归家是家族存续的象征,他们必须一起跪拜在列祖列宗的面前。慎终追远,他们责无旁贷。

　　早先的过年确实复杂,然而没有了那些复杂,就不足以承载这么沉重而浩繁的内容,也不足以使年成为四季中最重大的节日,当然,也无法产生那么多的欢乐与节日美学。这也是现在的年味越来越淡的原因吧?即使回到故乡,许多年的花样也见不到了。比如"打屯子",我只记得这么说,但不知道怎么写。祖父在除夕的下午会拿出一年才用一次的一只小莆包,里面盛的是石灰,当时称为"洋灰",然后围着屋子在地上打一圈。莆包的底编有图案,石灰从莆包的缝隙中漏下来,一朵朵白花就这样开在了我家的周围。那大概也是为了吉利,是不是为了防范那个可怕的怪物"年"呢?另一件充满温情的事就是给家前屋后所有的物件喂饭。祖父拿着碗筷,碗里装着饭,让我们给平日与人们相伴的东西喂饭。祖父说，年不只是人过的，它们也要过年。树啊，篱笆啊，家具农具啊，连同门对子，都得喂。年过了，那些东西上面还好长时间粘着米粒。这些东西都是有生命的，它们也忙了一年，也需要慰劳。或者，那里的人们都是万物有灵论者？最令我难忘的是扎"摇钱树"。先煮一锅饭，这锅饭要慢慢煮，小火慢慢烧，得烧出一锅黄灿灿的锅巴。然后将饭盛在盆里，再小心地将那锅巴铲出来，不能碎，覆盖在盆上。接着祖父到外面折下一根柏树枝，在那树上用红绳系上农家一年四季的物产，串上铜钱。祖父还会小心地把花生的壳捏开一个小口，让它夹住铜钱。最后，祖父将这祈祷来年五谷丰登、财运旺盛的摇钱树插在那盖着锅巴的饭盆上。正月里，这棵树一直茁壮地生长在案桌上，硕果累累，五彩缤纷。长大了，知道了圣诞节和圣诞树，我一下子想到了祖父扎的摇钱树，这不就是我们中国的圣诞树吗？

这样的故事还有许多，至今不能忘怀。它们不仅有趣，更包含了丰富的意味，真的是寓教于乐，我们就是在这些年的故事中成长起来的。

移风易俗，到了父母亲这一辈，虽然过年不再像祖辈们那么繁复而庄严，但基本的程序每回都要走一遍的。等到我们长大了，每次回去过年父亲都要与我们商量，怎么过？都给哪些祖宗烧钱？门对子写什么内容？要走哪些亲戚……我知道父亲的用心，这就是在传承，过年，如同生活中许多事一样，也是要交接力棒的。回想人生的成长，我们习惯于回忆学校的教育，回忆读书的感悟，回忆长辈的教诲，其实，我们从过年，从类似过年的许多节令习俗中学到了多少用语言无法表达的东西呢？这就是文化。过年，是节日，是仪式，更是教育。

总有一天，我们也要主持过年，我们会过年吗？那些程式与仪规我们懂吗？我们对其中蕴含的意义说得清道得明吗？我们该如何教会自己的孩子，更关键的是，如何让他们在年中体会天地的庄严，生命的意义，家族的延续与自己的担当。

所以，我是这样理解的，陪父母过年，是在体会年的意义，也是在向他们学习过年，学习生活。

我的邮电记忆

前天看报,说邮政局马上要从美国消失,日本也正在进行邮政局的私企化改革,改了以后还是不是过去的邮政局就不知道了。这个世界真的变化太快,一些生物在消失,一些事物在消失,一些机构也在消失。

也许,这个消息对大多数人来说并不算什么,随着报刊发行、邮递、汇款等业务的多渠道,邮政局在人们生活中的地位确实不如从前,甚至无足轻重。叶兆言就曾在一篇说快递的文章中大谈快递的好处,快捷、便宜,还上门取件,比去邮局好多了。他说,只要打破了垄断,什么服务都有可能好起来。

但这个消息对我来说就别有一番滋味了。我的母亲一辈子都在乡镇邮政部门工作。一开始,邮政和电信是不分的,叫邮电局。我母亲在基层,单位叫代办所,或者邮电所,她工作过的最大单位是邮电支局。我就是在邮电所里长大的。小时候的许多时光都是陪着妈妈在邮电所的柜台旁度过。

母亲的工种是内勤,也就是邮电所的营业员。她一边接电话,一边为顾客办理邮政业务,汇款、卖邮票、寄挂号、寄包裹、拍电报,后来还要零售报刊。那时乡镇还没通电,电话的电源靠的是大功率的干电池,更没有程控设备,载波也是很晚的事,客户之间通话是不可以直拨的,必须通过邮电局总机的转接。一部电话一根线,如果又有人叫号,就得等。这样,接线员就要时不时地对正在通话的线路进行监听,听听通话是不是结束了,好接新的线路。监听还有另一个任务,就是计算通话时间以便计费,三分钟一次,长途、本地标准不一样,没有电子计时,全凭人工,所以很不精确,有时也就是估计估计。由于技术的限制,那时的电话从理论上来说毫无私密可言。本来接线员监听的时间是有规定的,但守不守规矩就看各人的职业道德了。一般到了吃饭时间,电话会少一些,母亲有时就让我们代看一会儿总机,她偷空回宿舍烧饭,我们就趁机偷听别人的电话,常常因此遭到母亲严厉的呵斥。

邮递的业务好像没有太大的变化,那是外勤的事。邮电所的外勤主要是两类人员,一种是线务员,专门维护外面的电话线路,给客户安装、维修电话。那时没有集成电路,也没有电缆,更没有微波,电话线就拴在木质的电线杆上。显然,这样的设施其维修任务是很重的,刮个风,下个雨,电话立马不通,那多半是电话线断了,线务员就要立即出发,风雨无阻。我记得当时有一幅木刻,就是描绘线务员的,用的是仰角,线务员看上去非常了不起。我当年曾经的理想之一就是当个线务员。第二类就是邮递员,也叫投递员。早上到单位分拣报纸、杂志、信件以及汇款单、包裹单和电报,然后投送客户。一开始是走路,背着个大包,后来是自行车,再后来是摩托车,我看现在都改电动自行车了。自行车在当时还是奢侈品，所谓"三转一响"中有一转就是自行车。邮电所的自行车是专供的，一身绿，后面的挡泥板上有"邮电"二字，记得当年这样的车子好像都是永久牌，因此，邮电所的投递员是很威风的。清晨的阳光下，身着绿装的投递员们拧着车铃从邮电所鱼贯而出，是小镇的一道风景，上学的少年没有不驻足观望的，而那眼里无一不露出羡慕。

有学生问我的文学启蒙，我说就是小时候要尽量多读书。我少年时代的阅读来自两个渠道，一是父亲上师范时留下来的《文学》课本和一大堆闲书，第二就邮电所的报纸杂志。我根本用不着订阅，每天都有大量的报纸杂志到来，报纸只能匆匆看过，杂志就可以向邮递员借阅。嘴甜一点，叫几声叔叔，想看什么，看多长时间都成。这样的时光一直到我离开家乡外出工作为止。我大学毕业之后有一段时间是在家乡的中学教书，每天早上的第一件事还是到分发室看报。我父亲起得比我早，他要帮我母亲登记邮件，顺便查查我投稿的消息。我的退稿信经常是父亲替我拿的，他悄悄地取来放在我的枕头旁，有时恰巧被我撞到了，他便一脸的尴尬，好像是他不用我的稿子似的。母亲则是又气又心疼，儿子那么用功，一笔一画地写出那么长的文章，怎么说不用就不用呢？

母亲退休已经二十多年了，邮电局分成了邮政局和电信局，电信要面对无线通信的挤压，而邮政的压力更大，所以一直亏损。我不知道邮政局在我们这儿会不会也成为过去。我是非常怀念过去的邮电局的，因为它连着我的少年，连着我许多的记忆。

骑车记

我的驾照考得半途而废,平时上班出门都是爱人开车。前一段时间爱人身体不好在家休养,我这上班就成了问题。单位离家有十多里,因为在新区,公交只有一路,而且间隔的时间特别长,从家到公交站有一段路,从公交站到单位也有一段路。坐了几次,实在不上算。于是,就把扔在车棚里的自行车推出来,抹抹灰,上点油,打上气,我骑车上班。计算了一下,从家到单位有时半个小时也不到。

但次数一多,问题就来了,比如下雨,比如有风。平时不怎么关心天气的,自从骑了车,就天天听天气预报。我忽然觉得这样的生活场景很熟悉,好像经历过的。

终于想起来了,那是我父亲。还是在我小时候,我们几个孩子和在镇上邮局工作的母亲生活在一起,而父亲则在另一个公社的农村小学做老师,全家每个星期团聚一次,父亲就得每周从学校到家里骑个来回。父亲所任教的小学离家有五十里左右,都是农村里的土路,崎岖不平,晴天尘土飞扬,雨天泥泞不堪。在我记忆中,父亲基本上风雨无阻,每个星期都要回来,因为家里有许多力气活等着他回来做,三个孩子的"思想"和学习问题等他解决。而对我们来说，父亲回来还意味着家里可以开荤了。平时我们很少吃到鱼肉，即使吃也是烧个肉丝汤、蒸个鸡蛋什么的，经常是一家子围着一盆青菜汤。有时母亲会给我们饭里挖上一块荤油，我们会小心地将荤油放在碗底，直到最后吃那几筷子油旺旺的饭。

这么一来，父亲回来不回来关系就大了，他不能不回来。星期六的下午，母亲掐着时间把菜烧好，车铃声一响，我们就会冲到门外。有时，算着时间到了，但总不见父亲的影子，菜热了又热也听不到车铃声。父亲周六回来，周一起早走，实在辛苦得很。到了星期天的中午就开始心神不宁，纠结着走还是不走。走吧，回来才半天，许多事还没做，不走吧，万一下雨怎么办。没在乡村旷野上骑过车的人不知道，有风没风，顺风逆风那差别大了去了，遇上大顶风就只能推着车走。如果下雨，父亲就只有老老实实地走着去，而走着去也就意味着下次还得走着回来。如果星期天下午没走，父亲就会一直关心天气，一会儿到外面看看，我的许多有关天气的俗语就是那时跟着父亲学的。一直到夜里，父亲都惦记着天气，我在梦中时不时听到门响，那就是父亲到外面看天了。

骑车虽苦，但在那个年代，家里有一辆自行车还是了不起的，而会骑车也是一项可以炫耀的技能。速度、技巧和负重在当时都可以成为自行车表演的点。当时农民体育先进单位北凌公社的农民运动会就有自行车速度比赛，而著名的角斜红旗民兵团的保留节目之一是女民兵们双手接脱把骑车射击。我曾经亲眼见过一个民间骑车高手，他不仅能表演当时电影上才能见到的车技，而且能驮着两百来斤的生猪在乡间的水田埂上骑行，那田埂宽不过盈尺，那猪又挣扎个不停，堪称刀锋上的行走！

　　因为我母亲在邮局工作，邮递班有的是车子，我们学车就方便多了。那时的自行车款式很单一，就是最普通的大三角杠的那种，高得很。所以小孩子骑车大致都要经过三个阶段，一是"蹬猫儿洞"，因为个子小，没办法跨过那道大杠，只能一只脚从杠下伸到另一边去蹬那只踏脚。第二个阶段是"骑大杠"，这时个子高一点了，能跨过大杠了，但是还是不能骑到坐垫上去，于是只能在大杠上左右摇摆着骑。最后才是普通的骑法。虽然"蹬猫儿洞""骑大杠"会遭到嘲笑，但也说明了一个人的"骑龄"长。到了80年代，车子的种类多了起来，包括各种童车。骑车几乎没有经过学习的阶段就自然会了，我女儿就是这样。先是三轮的小童车，再是两轮的小童车，她个儿在长，车子也跟着长，跨上去就骑，怎么也不会倒，车子歪了，脚一撑就稳住了。哪像过去，一人学车，众人帮忙。学校操场上，歪的，倒的，跌跌撞撞，学骑车一直是一幕反复上演的动作喜剧。

　　我对女儿说过当年父亲的辛苦，她说我也有啊，一说骑车就心痛。女儿初中的学校有三个校区，一开始就在家附近，到初三时为了强化，整个年级搬到河对岸的校区，看着就在对岸，但要过去却要绕到很远的地方过桥。女儿力气小，每天过桥都要上下坡，很是吃力，如果遇到刮风下雨就更惨了。这还不是最心痛的，河对岸的校区就在秦淮河鬼脸城景区，为了方便市民上班游园,在女儿读初二时政府就开始造一座步行桥,女儿天天盼着桥造好,这样她一脚就到学校了。但那桥因为无关主要交通,所以修得有一搭没一搭的,大概桥的竣工和女儿初中毕业前后差不多几天。直到现在,她一踏上步行桥就大发感慨,感叹命运的捉弄。

现在的交通出行已经越来越多元了,那与交通伴生的故事也一定更丰富吧,我说的是骑车,那公交、地铁,还有那如过江之鲫的私家车呢?

开车的境界

我没拿到驾照，不能开车，按理没资格对开车说三道四。但就像食客品菜一样，没要求他们都是厨子啊。

天天坐爱人的车上班。她学车时的各科考试都是满分，车当然是开得好的，但也就是好，还说不上到了境界。比如，只要一上路，嘴里就不得消停，动不动就按喇叭，你会不会开车啊？这么慢，打瞌睡啦？催催催，你有本事飞过去呀！按什么按？闪什么闪，没看见红灯啊？想挤我？没门……我说你怎么就不能开个平和车？快一点，慢一点有多大区别？开个车说这么多话，累不累？她说我这也叫话多？你是没见过话多的！一上高速，就不停地问，到了没？该下了吧？是从这儿下吗？导航怎么没反应？我说没到，她说到了，有时争来争去我只能说，你往前开，错了算我的，大不了今天住旅店，带着钱和身份证呢，权当旅游。有的路线已经走了许多次，但她还是坚持不懈地问，上次是这样走的吗？怎么看着不像……

那开车的境界是什么？丁师傅就是。丁师傅是一家企业的驾驶员，今年春节我因有事偶然坐了他一回车，真的让我肃然起敬。一上车，他就跟我招呼，好像老熟人一样，也只瞄了一眼，低头把副驾驶的座位调了调,一坐上去,就觉得前后高低,都那么合适。车上放着轻音乐,他说时候还早,你眯会儿,只要我电话一响,他就把声音调低。他做的都是你想的。因为前一天下了雪,路上结了冰,但他开得很稳。刚进入邻县,他就说,人家交通部门做得比我们好,我说为什么,他说人家晚上都给路上洒了盐了,桥上还铺了沙。我发现他的车速、与非机动车和行人的距离,按喇叭和避让的方式都有了不同。他说,这儿与我们那儿不一样。十里不同风,五里不同俗。虽然一河之隔,脾气还就有差别,骑车、行走、过马路,对机动车的态度也都不一样,所以,这车也不能一样地开。他说他一到陌生的地方,首先就是观察那里的人的交通习惯,找准他们的脾气,这样,就知道怎么跟他们在路上打交道了,是快,是慢,是你让他,还是他让你,心中都有数,不但减少事故的发生,更是让自己处在主动的位置,有了应对的方法,特别是让自己有了平和自在的心情。否则,能把你急死。他开玩笑说你知道你们那儿的人怎么开车吗?他们大都不太管后面的车,到了红灯,总是不紧不慢,只要自己能过去,后面能过几辆,不管。

这些都是我以前很少听说的,驾车本来是个技术的活儿,到了丁师傅这里竟然有了这么大的学问。这哪里是开车,简直就是文化。其实什么事情都是这样,到了一定的境界,不管大小,高低,深浅,贵贱,都会有了文化,都能见出一个人的修养、品性和精气神。开车,靠的不仅是技术,技术不过是个基础,下些功夫,对什么人来说就不是难事。但你是不是将车开成了自己的身体,自己的灵魂,心到哪里,手就到哪里,车就到了哪里,那要多少的修炼。当车成了你的躯体,那车就是你了,就是个大活人,车走,就是你在走。这时,驾车就不是在驱动一个交通工具,而是与人相处,与环境对话,与万事万物在打交道。丁师傅说,车开到一定的时候,是想不到车的,想的就是环境,是怎么与道路上的人、车和谐相处。一个人到了一个新单位,一个陌生的地方,首先需要的不就是了解对方,熟悉环境,找到自己的行为方式吗?但我们开车的常常忽视了这一点,平时人好好的,聪明得不得了,但一握方向盘就像换了个人似的。看他开车真替他急,哪里是开车,整个的是与周围的世界较劲。许多人,也就在他生活的地方开车,但是,却看不出他与这个地方的情感,他与这个地方的亲密关系,找不着路,但却碰得着人。他永远在开陌生车。这样开车,太累。

  这不是我这不开车的人能悟出来的,是一个老驾驶员的开车哲学,你们信不信?反正我信了。

旧物记

到过我们家的朋友都有一种感觉，乱，堵。他们经常在考察之后说，你们的房子并不小啊，就是东西太多了，东西在跟你们争空间。这是个浅显的道理，而且，我们的感受应该最深，也曾无数次地下决心，扔！把那些"没用的东西"扔掉！但是，最后总是在挑选与抉择中软了下来，扔什么呢？扔哪一件呢？什么是"没用的东西"？

一个朋友推荐了美国人的一句经验，凡六个月没用到的东西，立马扔掉。

是真的吗？我试了几次，不管用。不要说六个月，在我们家，超过六年的也大有东西在，但还真扔不掉。那些书，有的十几年都没翻过，但你能保证它就不会被用到？那些老杂志，一直捆在那里，但就冲着十几年一期都不缺你就舍不得扔。还有锅碗瓢盆，总是人少的时候嫌多，但人一多，或者过年过节，又不够用了。

昨天一收废品的看到我家车棚里一辆上了灰的小轻骑，追上来要我卖了。他很惊讶我居然将还是苏北县城牌照的过时的小摩托搬到了南京，他说这又不能上路，还要它干什么呢？我还真的舍不得卖它。十几年了，它是我家第一辆机械化交通工具，在小县城时，我们用它驮着女儿上幼儿园，上小学。到南京，我们骑着它找房子，买了房子，又用它跑装修。外地牌照，在南京不能上路，我还用它驮人，那是要罚上加罚的。一次中午，我陪装修师傅喝了点酒，师傅说下午要装开关你们忘了买了，我们赶紧点了火就往装饰城跑，刚过了两个红绿灯，老婆说快停快停，我一看，前面路口一小警察笑眯眯地向我招手，我吓得连忙拐进了旁边的岔路。房子装修好后七八年不碰它了，今年爱人生病住院了，我不会开车，骑自行车一天几趟又累，便将小摩托推到车行捣鼓了几下，它还真争气，居然能跑，于是我骑着它送衣送饭，直到爱人出院。奇怪的是，爱人出院后，它再也蹬不响了，它真的是拼尽了它全部的力气了。

它这么有情有义，立了这么多的功劳，我真不忍心卖了它。

什么叫有用，什么叫没用？东西一进家，就成了你家里的一员，你与它相处，是有缘分和感情的，每一样东西都是你生命的见证，一块颜色，一个痕迹，就是一个时刻，一个故事。

这就是历史。一个人的历史不是你的叙述，而是物的呈现。虽然，它们是无言的，这样"深刻"的道理，美国人怎么能懂呢？六个月没用就扔掉，只有没有历史的民族才会讲这么看似豪迈的话。

棋　谱

在去年的春兰杯世界职业围棋锦标赛上，中国90后棋手陈耀烨战胜了韩国围棋第一人李世石夺得冠军，比分是二比一，当记者采访李世石，问他第二局的获胜感受时，李世石不愿多说，再三表示这是一盘内容不好的棋的，因为对手一个意外的失误才侥幸取胜，自己很惭愧。

这种现象在围棋比赛中非常普遍。结果固然重要，但更重要的在于过程，在于取得胜利的手段与方法。在图像和记录手段不发达的年代，围棋与许多体育竞赛不一样的地方是它能够留下比赛的过程，那就是棋谱。至今我们还能够看到几千年之前棋手们对局的棋谱。所以，胜利当然可喜，但如何胜利的，是不是下出了漂亮的棋，是不是下出了新变化，甚至，是不是在比赛中灵感乍现，下出了被赛后棋手们模仿的招式，成了定式，才更令人钦佩。总之，要下出有内容的棋，有内涵的棋，禁得起看的棋才是棋手们所追求的。

好的棋应该是完美的。但这种理想却不是所有的棋手在所有的比赛中都能达到的。我们经常听说棋手下出了错招，下出了昏招，出了"勺子"，这样的棋当然不漂亮，也没有多大的意思。也有的棋说不上错，但是太平淡了，没有在当时的进程中下出最好的变化，这样的棋价值也不大。还有一种情况，对棋手的考验很大，就是面对棋局，你敢不敢下出"难看"的棋。围棋讲究棋型，子与子之间要配合得当，能把子的效力发挥到最大，疏朗，俊健，气息贯通，如行云流水。所以，围棋一直有美不美的说法。大竹英雄就被誉为围棋界的美学家，是一位唯美主义的棋手。这样的棋手是不愿意下出"难看"的棋的，比如那些叠床架屋的"愚形"。有的地方，你补还是不补，连还是不连，拐还是不拐，都是艰难的选择，补了，你可能就得利了，但就那一补，你的棋形立马不忍卒看。像大竹这样的棋手，宁可棋死了也不愿意棋难看的，这样的棋手对自己的要求就是要每一手棋都下得堂堂正正。听说前几年胜率高的韩国棋手是不惧怕棋难看的，在他们看来，赢棋才是硬道理。棋路也随世风，在利益至上的今天，确实少有棋手能免俗，李世石能这样，称得上有境界了。

古语说棋如人生，究竟"如"在哪儿，我以为最根本的就在这追求目的的过程与方法中。一个人的人生履历，一个人的成长过程，一个人的奋斗经历就是一局或几局棋，每个人都会留下他的人生棋谱。从这个意义上说，人生的奋斗不仅仅是为了财富和名声，最好能够留下完美的人生棋谱。成功谁不想，天下攘攘，皆为利往，但追名逐利是不是合规矩、合道德，是不是做得光明磊落，对每个人来说就是考验了，莫以善小而不为，莫以恶小而为之，有多少人做得到呢？古今中外，成功的人多了，但又有多少成功人士的成功过程是禁得起回放的？为了所谓的成功，常常不择手段，下出了千奇百怪的人生愚形，他们的人生之棋看上去是赢了。这样的人生，虽成犹败。这样说来，上得了台面的人生棋谱起码是避免了昏招和错招的，尽量不要下出那些令人不齿的愚形，然后才谈得上智慧、境界。韩信甘受胯下之辱就是愚形，刘邦对项羽说你若把我父亲烹了别忘了分我一杯羹也是他人生的愚形，《三国演义》中的英雄多了去了，但人生棋谱好的没几个。

棋手的必修课之一是打谱，也就是照着别人留下的棋谱摆棋，一边摆，一边研究讨论，探讨得失，吸取经验教训以提高棋力。我们会为棋手下出了精彩的招数而喝彩，会为那些昏招、错招和愚形而遗憾，也会为他们没能下出最佳的变化和应对而叹惜。同样，为了成长，我们也常常去打人生之谱，从别人的成长经历中吸取智慧，避免失误。灯下读史，特别是那些传记，那是多么丰富的人生棋谱，又能够给我们多少感悟和启迪啊。

当然，打谱重要，但更重要的是慎重自己的每一着棋，为了那完美的人生棋谱。

家　声

小时候刚会拿笔握管，父亲便在过年时让我给左邻右舍写春联。他要求高，说写门对子不光是写字，还得会出对联，不能只抄现成的，所以常常帮邻居写完了，到了最后写自家门对子的时候早已腹中告罄，毫无灵感。每到这时，父亲反而很宽容："想不出来就还写那一幅吧。"他说的那一幅就是"越国家声远，颍川世泽长"，据说这是汪家传下来的门对子，往门上一贴，南来北往的人一看，就知道是汪家门第。那时候也不知道这对子的含义，越国在哪里？颍川又在何方？也记不清父亲是不是向我们细说家族播迁的历史，但父亲一再强调"家声"这两个字，说家声就是一个家庭的荣誉和声望，不管家族如何迁徙延续，每一个子孙都要对得起列祖列宗，为家族的荣耀添光增彩。他拍拍我们的脑袋，"汪家未来的家声就指望你们了。"

这已经是几十年前的事了，如果不是今年到梅州，我真的快忘了这个古老的词语。梅州是客家人的聚集地，客家，客家，这两个南辕北辙的字组合在一起真让我有一种苍凉而又悲情的感觉。客于他乡不可为家，但偏偏客家人就是这样的家族流徙与人生图景。若到梅州客家文化博物馆，迎面看到的是一堵百家姓墙，中间一个大大的"厓"字，这是客家人的自称，相当于"我"。作为会意字，它形象地表明了客家人从中原来到南方倚山而居的生存状况。但我宁愿将这个字理解为人在悬崖，这才是客家人在逃亡避难迁徙时的心态，战战兢兢，如临深渊，如动物般警醒，须臾不可大意。一个辗转千里万里的族群，一个在陌生环境寻找栖身之所的民系，一个不断需要重建家园、救亡图存的群体，他们各自的家族大概都十分看重成员的精神追求和道德品格吧？都十分在意自己家族的荣光，在意开拓、进取、永续生存的能力吧？总之，他们十分看重自己的"家声"。

所以，走过梅州那些客家围屋和连排新居，总会看到或新或旧的对联，"振家声""美家声""远家声""召家声""扬家声""播家声"目不暇接，这些对联不仅自豪地叙述了各自家族辉煌的历史，更在昭示后人光前裕后薪火传承。特别是那些围屋，一进进走进去，几乎处处有楹联，间间有匾额，这是一种特殊的文化，客家人大概早就知道环境育人的道理吧？这些楹联和匾额汇聚了万千家族对自己历史的回望和思考，对家族价值观的申述和张扬，于耳提面命中充满了殷殷嘱托。"念先人积善余庆，支分六脉，孰为士，孰为农，孰为商贾，正业维勤，方无忝祖宗之遗训；在后嗣报本反始，祀享千秋，告以忠，告以孝，告以节廉，大端不愧，庶几称子孙之能贤。""尊祖敬宗，岂专在黍稷馨香，最贵心斋明以躬节俭；光前裕后，诚唯是簪缨炳赫，何非家礼乐而户诗书。"毋用多引，这样的训诫传承无疑是家族声望兴隆的理念支撑。由于家族发祥地不一，迁徙过程中的经验教训不一，家族成员生存技能也不一样，所以我们在客家不同家族中会看到对家训家规不同的表达，对家声不同的期望。但是，又由于环境相同，经历相近，客家人又会在长期的生存中形成大致相同的民系价值认同，那就是"耕读传家"，这是客家人共同的家声。"东种西成，经营田亩须勤体；升丰履泰，出入朝端必读书。""创业难，守成难，涉世尤难，且从难中立志节；耕田乐，读书乐，为善最乐，须向乐里作精神。""继先祖一脉真传，克勤克俭；教子孙两行正路，维读维耕。""汝水源长，维读维耕绳祖武；南疆裔盛，克勤克俭贻孙谋。"我在客家文化博物馆看到梅州黄氏族谱《江夏渊源》中记载的家训是这样十五条："戒轻谱，畏法律，戒异端，戒犯上，戒非为，戒争讼，戒犯违，修坟基，隆师道，端士品，务本业，明礼让，和乡里，睦宗族，敦孝悌。"如此的具体，如此的周详！客家人之所以能有今天，之所以英才辈出，民系遍布海内外，正是因为秉承了这样的传统，弘扬了这样的家声吧？

家庭是社会最小的细胞，也是一个社会道德风尚最基本的载体和践行单元，由家庭而家族，而乡里，而地方，而整个社会，公序良俗正是这样形成，核心价值也是这样凝聚的。我不知道现在还有多少家庭在自觉地维护自己的家声。我的故乡叫汪陈庄，顾名思义，这个村子的大姓就这两家，但在我的记忆中，好像都是姓汪的。那是一个庞大的熟人社会，家庭的每一个成员都有相当的压力和责任感。我们从小就被告知，不能有少许的行为不端，否则影响的是整个家庭乃至家族的声誉，惕惕于心的是"不能让人家背后说我们姓汪的不是"。现在,这样的熟人社会不多了,家庭群居不再,单个的家庭散落在陌生的地方,他们还有家声的意识吗?在一个家族社会评价稀薄的时代,家声又如何体现呢?想起年初央视记者的随机采访,问到家风、家教、家训,懵懂无知、言不及义者多矣,遑论家声?不禁忧从中来。

让我们回到家庭,回归家声。

都市芦苇

中午到一茶社小坐，窗外阳光灿烂，炫目耀眼。茶社坐落在一个小区的入口，南面是小区的绿化广场，雕塑、栈桥、水池以及大片大片被分割成几何图案的绿化块，种植着城市人们熟悉的林木花草。正要将目光收回，忽然看见几根已经抽了穗的芦苇，高高地挺立在一片被深秋染上紫红的景观灌木中，那么孤独，特立独行。

我走出茶社，靠近芦苇。近处是鳞次栉比的居民楼，远处是高耸入云的电视发射塔，脚下是坚硬的大理石路面，芦苇被这片陌生的景物包围着，迎风摇曳。这几根都市的芦苇，显然不是园艺工人所栽，也非这个小区的景观设计师当初遴选的物种。如果展开想象，那将是一个艰难的生死挣扎的过程。这个小区现在已是河西新城的核心区，但芦苇顽强地告诉人们这片土地的过去，河汊？湿地？只有这样的乡土植物才能提醒人们关注土地的过去，保留着对土地历史的记忆。

有多少人注意过这样的事情，历史、往日的记忆或故事由谁来保存与传递？文字、典籍、建筑……应该还要加上乡土植物！当环境被越来越少的那几种外来的景观植物所覆盖时，我们的记忆，儿时的故事，特别是脚下土地的本来面目也被同化、格式化或遮蔽了。我曾经带着女儿在小区周边的绿化带散步，让她留心那里的植物，要她找出与景观植物不同的树与草，她果然时有发现，荠菜、蒲公英、兔丝、蒿草、野草莓、车前子、榆树苗、桑树苗……这些树草与整齐划一的绿化带是那么的不协调，时时面临被铲除的威胁，但它们全然不顾地生长着，生长着属于它们的现在，属于它们的每一时刻，讲述着土地的故事，传递着曾经乡野的信息。我知道这些树草的来历，那是因为风的飞扬，因为鸟的衔递，将它们从郊区带来。风与鸟总是比人更有心。

其实，尽可能多地利用乡土植物来进行城市的景观绿化并不是一个新话题。乡土植物是千百万年来长期适应本地的气候条件、土壤条件、地形条件而产生并繁衍的，它是地区生态的主体，从水生、湿生、旱生，从苔藓、草生植被、灌木到乔木，不同地方都拥有具有本地特点的乡土植物种群。保持这样的植物群落其意义首先是生物学与生态学上的，比如多样性，比如与虫鸟等动物的共生，但同时也是人文意义上的。常绿植物、多年生草本以及一年生草本在某一地区都是共存的多样的分布，它们不同的生物习性与色彩、外形，在长期的审美过程中被符号化、人格化了，承载着自然的秘密，传递着时间的节律，也成为人们抒发各种情思的形象。不同地区的人们长年累月地与生长在他们身边的植物对话，并以其作为乡情乡思的代言。如果稍微留心一下，就会发现生长在北方与南方的文人笔下的植物有着明显的区别，特别是当他们漂泊在外，乡愁涌上心头的时候。

我不知道现在的孩子们怎么认识故乡，如果要他们用植物去描写故乡时,他们怎么办?用千篇一律的景观植物?用莫名其妙评选出的市树市花?在唯美、形象工程以及名目繁多的城市荣誉评比逼迫下的城市绿化景观设计与制作,正在制造生物学以及生物学以外的许多恶果,乡土传统的断裂,对野生生命的鄙视,对人工与舶来品的迷信等等。我想到景观设计师俞孔坚的观点,他是深刻地指出了乡土植物之美的。

> 新的环境伦理则在更理性的层面上告诉人们,乡土野草是值得尊重和爱惜的,它们之于人类和非人类的价值绝不亚于红皮书上的一类或二类保护植物。在每天都有物种从地球上消失的今天,在人类日益远离自然、日益园艺化的今天,乡土物种的意义甚至比来自于异域或园艺场的奇花异木重要得多。
>
> 然而并没有多少城市居民有儿童时代放牛的经历,也没有多少公园的造访者懂得环境伦理,所以,野草之美往往被埋没。景观设计师的责任是通过对自然的设计向人们展示野草之美的特质。

回到那几根芦苇。我曾与女儿到秦淮河以及其他水岸景观漫步,向她讲述植物从水中向岸上生长的故事,讲述它们与人类息息相关的缱绻,可惜我不能像我父亲当年那样在身边将实例信手拈来。水面就在眼前,河岸就在脚下,但却没有熟悉的植物,睡莲、水生美人蕉固然漂亮,但那盆栽的状态显然表明它与这片水的隔膜，它的客居的身份，植物是无罪的，但它们确实不能给本地的居民提供与这片土地、与他们过去的生活相关的记忆。我并无奢望，哪怕只有几根芦苇，几株慈姑，几片菱角也好啊。不知道我下次再去那个茶社时，还会透过落地窗看到那几根芦苇吗？

书　家

书家最喜欢写的一幅字是宋代朱熹的《春日偶成》："胜日寻芳泗水滨，无边观景一时新。等闲识得东风面，万紫千红总是春。"原因就是因为诗中有"泗水"两个字。书家的故乡在江苏的泗阳，那里大概也有一条不小的河，大概也叫泗水。我说你这泗水不是那泗水，人家那泗水在山东，春秋的时候孔子曾经在那儿讲学，教授弟子，去世后也埋葬在那儿，称得上是圣地。朱熹写这首诗时人也不在泗水，因为南宋时北方大部地区已经被金人占领了，朱熹不可能北上，自然也就无缘到"泗水滨"去"寻芳"。但朱熹这样写有个讲究，"泗水滨"其实是暗指孔门，代指孔子儒学，"寻芳"自然也就既不是寻花，亦非问柳，而是探求圣人之道。泗水寻芳就是到孔子那里去寻找真理。他听后并不以为忤，似乎早就知道，那神情里透着狡黠，好像是说我大惊小怪了。既然朱熹不曾去过泗水，却把自己写到泗水，我为什么不能让泗水流到泗阳来？书家还喜欢钤一闲章"项王故里"，这是真的，项羽还就是那一带的人。书家说，朱熹到泗阳也不会辱没了他，照样有水，有花，有名人，还有酒，过去叫洋河，现在叫蓝色经典。

书家习书的启蒙老师是他的父亲。大概从听得懂人话的时候就被做基层公安的父亲耳提面命着临池描红、摹碑读帖，也算得上是童子功了。逢年过节，红白喜事，父亲便叫他替乡邻们写字。村人自然不怎么懂所谓的书法，他们眼中的好字就是要工整、规矩，人要识得，横平竖直，有劲道。当然，墨还要黑，要亮，特别是过年，那对子，纸不红，墨不黑，还叫什么春联？上面的吉利话要管一年哪！这种少年时代的功课给书家的影响很大，不知他底细的人都说他师出名门，字出二王，从宋四家一路下来，其实，中国乡村的书写文化才是他的根基。对此，书家也是一直心存感念。少年时字写得好，自然少不了长辈们的夸赞，比别的孩子多吃了不少糖果；上了学，老师也喜欢，这么小就写得一手好字当然赚了很多的宠爱；参军入伍，新兵连的马扎还没坐暖，那字就让首长看上了，径直做了文书。接着提干，转业，到了文艺这一行，这人生履历竟如他的字似行云流水一般。

现在，书家与我一个单位，一个办公室，就在我的对面。我经常看他写字，听他说字，几年下来早没了一开始的神秘。遇到开个信封、发个请柬，就请他动笔。有时醒悟过来，连忙告罪，觉得用了牛刀。他倒一点不介意，说好字不就是留着用的？这话虽平常，但说得好，因我一直对现在过分地把艺术专业化持保留意见。我也曾与他讨论过这方面的事儿。记得在年初，演艺界纷纷议论持证上岗，说不管是唱歌跳舞，想上台就得有证，我们总觉得有些荒唐。这证是个什么证，由什么人或部门来颁发，要不要考核，若考，怎么个考法，标准又怎么定，考不考外语，收不收费，一个证的有效期是多长，要不要年审；也不知道这个上的"台"指什么，是营业性演出场所的舞台，还是泛指一切公开的演艺空间，电视台选秀的演播厅算不算？还有农村里办红白喜事临时搭的台、商场促销时谁上去吼几嗓子就有奖的台子算不算？讨论到最后，我跟书家开玩笑，说你以后写"书法"也要持证了。他瞪着眼说大概不会吧？二王没有证，颜柳也没有证，不都是大书家？写字这东西自有文字就有，早先人们是不把它当艺术的，我们现在看到的许多帖，许多书法经典在古代都是实用品，像颜真卿的"丧乱帖""祭侄稿"，把它们作为艺术品都有些残酷。他由此进一步发挥，书法在众多的艺术中，与音乐一样是较为抽象的，都说是线条、结构、用笔、布局，这样一味地说，越说离生活越远，离人也越远，于是有了那么多凌空蹈虚的东西。其实，书法也有写实的一面，写的是情境，写的是心境，写的是一个人的历史与当下的状态。颜真卿的祭侄稿与他的处境没有关系？你现在硬把一幅可以正常写下来的字也左涂右抹的就不是那么回事了。我当然同意，太同意了，不要把艺术看得那么玄，就以书法来说，本来是与实用联系最紧密的一种手段与技艺，现在也被搞得这么精英化了，被一些人垄断了，他们作品的艺术价值被夸大，甚至被神化，在市场的作用下，这些夸大与神化以匪夷所思的价格表现出来。

　　此类的议论实在太多，说到深处，不免为书写的失传担心起来，一方面一些人把书写弄得那么雅致，高不可攀，另一方面是键盘的敲击正在代替我们的手和笔，这样下去如何得了？

这无疑有点杞人忧天。不过，书家的风格确实与这些议论有着千丝万缕的联系。他的字看上去漂亮、周正，用我的话说就是健康，就是正常。像一个健康的人一样，挺拔、俊朗，骨骼清秀而血肉丰满，像一棵正常生长的树，枝繁叶茂，蓬勃向上。在他手里几乎没有不可以书写的材料，没有不可以入书的内容。每当看到一张干净的纸，他就会说这可以写个什么什么。请柬、标签、贺卡、明信片，哪怕是传真机装纸时吐出的那一条寸头纸他都可以写成一件小品。我最喜欢他就道林纸写成的小册页。在传统书法里，这类光滑的不吸水的硬质纸不是书写的好材料，不过，它对书写者的腕力、稳定性要求也高，传统的宣纸特别是生宣，吸水性好，湿时洇染，干时飞白，都是效果。但像道林纸之类的就不同了，提按控制稍有差错，那笔画立刻失了样子。书家恰恰在这里见了功夫，自然、洒脱，写出的作品墨色如漆，点画似刀劈斧斫，字字精神。书家在单位的正业是搞文秘，虽然用上了电脑，但会议记录、文稿的修改还是时时要动笔。看他的会议记录常常让人走神，只顾欣赏那字，记的什么内容倒入不了脑子，行是行，列是列，整齐、秀美、清爽，字字可识。不要小看这一点，现在许多书家，软笔还可以看看，硬笔就不行了，实际上是造型不行，搭不出好的架势，正书的基本功也不到家，全凭笔墨纸张这些行头撑着。所以我常说我们的这位书家是一个与生活、与书写离得最近的人，是一个真正热爱书写的人。

书家年轻，精气神十足，对什么都有兴趣，写过小说，喜绘画、摄影，还时常穿梭在网络中。又好交友，男男女女，到办公室找他的人纷至沓来。因为在书界少年成名,这奖那奖的,加上在部队前呼后拥带过几百来号兵,有过历练的,便时时显出老成,但那股年轻的热情与青春的气息却总在左冲右突,按捺不住。比如喝酒,本不善饮,平时老实得很,但一到酒席,朋友们稍一鼓动,便推杯换盏起来,菜还没吃几口,酒先打上一圈,唯恐气氛冷落了,先将自己敬醉了再说。灯火阑珊,曲终人散,常常忘了身在何处。看着他这些光景,让我时时想起自己的过去,既羡慕又伤感。

最后告诉你,书家姓王,名卫军,只要在百度、谷歌什么搜索引擎里打上这个名号,便能见到他的模样。这个名字可能太普通,重名者甚多,那么就挑那个最英俊的,分头,眼镜,带条围巾,像个五四青年的,那就是了。

坐着动车回故乡

5月15日,母亲终于坐上了南通至南京的动车,由姐姐、姐夫陪着,来看她的重外孙女了。母亲的高兴自不必说,八十多岁的老人,为了这趟南京之行,激动得夜里三点钟就醒了。姐姐说,不止母亲一人激动,整个动车上的人都在兴奋。母亲一下车就拉着我的手说,那个扛着摄像机的小伙子怎么不采访我呢?我有许多话要说,采访年轻人有什么意思呢?他们不稀奇的,应该让我这个老太婆讲讲的呀。

母亲其实经常来南京小住,但这两年来得少了。特别是听说要开通宁启高铁就更不愿意我们去接了,老是拖着,说小车坐着不舒服,蜷在里面几个小时,下了车脚都迈不动,又说开车这么远,不安全的。她说,你们开车也累呀,还是等高铁吧,快了,快了。微信圈里,朋友问我为什么老打听宁启高铁通车的时间,为什么那么期待,那么着急,原因就在这儿。母亲要坐上动车,才来我这里。

这真是件让人高兴的事儿。中国进入了高铁时代,大概天天都有这里那里通高铁通动车的消息吧,但我显然最牵挂宁启高铁,因为这条线连着我的故乡。从此,我从南京到海安,就可以早出晚归了。想到这一点,心里就踏实。再不用慌张,再不用紧赶慢赶,再不用筹划算计,不就是一顿饭的工夫么?好像是拔腿就到了家。

我们的生命里有多少是花在路上的?我们的人生有多少关于道路的记忆?我们又有多少故事发生在旅途中?我们的生活因为交通发生了多少变化?提起这些,大概每个人都会说上一大堆的。

我童年的许多场景都是在路上。由于父母亲的工作经常调动,我也就随着不停地从一个地方到另一个地方,海安、雅周、大公、丁所、北凌、西场,这些地方现在看上去相距并不远,但在童年的我看来却十分遥远。这种遥远一方面是因为孩子对空间的感受和认知与大人不同,另一方面显然是因为当时交通的不发达。记得当年从西场到王垛祖父母那里去就是件十分麻烦的事。从西场到海安一般是三种方式,农村公共汽车、运河小轮船、自行车。因为那时王垛还没通汽车,只有到孙庄的小轮船,所以我们得一早就出发,到海安吃午饭赶那班小轮船。小轮船中午从海安轮船码头出发,黄昏时才到孙庄。出发前好几天就写信告诉祖父,约好时间到孙庄接我们,接到后祖孙一行再步行从孙庄经营溪到王垛,最后到连庄的老屋。这么走下来,到家时早已天黑,疲惫得根本顾不上吃饭,一个个东倒西歪和衣倒头便睡。小轮船每天一班,头天中午从海安出发,第二天早上从孙庄返回。这样,我们的回程就又要起个大早,真正是披星戴月。最受考验的就是寒假结束以后回父母处上学。天寒地冻,北风呼啸,祖父推着独轮车,一边是行李,一边是我们姐弟几个轮流坐。惨白的月光下响着独轮车的吱吱声,到了码头,我们几个大都冻僵了。

"文革"时,父亲下放到北凌二灶小学。二灶那时叫红旗大队,不通汽车,路说远不远,从大公到二灶大概二十来里土路。去看父亲,我们一般都是步行,背着装着换洗衣服的书包,赤着脚一路走去。记得那一带好像是沙土,大风起时,尘土蔽日,嘴里鼻子里都是泥沙。累了,坐在田埂上歇会儿,渴了,跑到小河里掬几口水,饿了,就到农民的窗前屋后摘几个瓜果。兴致高时,我们会爬上土围子,钻进胡桑田里躲猫猫,挖野菜。等到了二灶,一个个灰头土脸,浑身汗馊味儿。

我现在还清楚地记得大公通汽车的情景。一条土公路,从海安到贲家集,再到大公,再到北凌,修了好几年。通车的时间一拖再拖。终于有一天真的通车了,那是全镇的节日,万人空巷,倾巢而出,人们聚集在路口,等了老半天才看到汽车从西边由小到大缓缓开来,车后是卷起的黄土,如同龙卷风一样。汽车来了,人们蜂拥而上,在司机的呵斥声中把它围得水泄不通。许多人只在电影上见过汽车,当真的汽车来到眼前,竟有些张皇,不知所措,抖抖索索地上去摸一把,不知谁发一声喊"有电!"立刻吓得缩了手,接着便是一阵哄笑……

这都是几十年前的事了。故乡的交通今天已经进入了一个日新月异的时代,海安成了苏中的交通枢纽,而西场也已经是沿海高速的出口,宁启铁路从王垛穿行而过。今年清明我回王垛扫墓,开车从海安经新204国道后右拐向西,那里的乡村公路竟然是双向四车道,宽阔的马路,整齐的绿化带,沿途的农民新居,目不暇接间就到了目的地。小时候要起早摸黑赶上大半天的路,现在个把小时就到了。父亲在世时便说海安的交通变化大。早年父亲不管在哪里工作,逢年过节都要骑车回去看望祖父母。我曾经坐在父亲的自行车上回去过,顶风时父亲弓着腰奋力骑行,大冬天脱得只剩下一件汗衫。到家时祖父抱怨怎么这么慢你就不能骑快点,父亲喘着气说一百多里呢,路又不好走,何况我也不是个小伙子了。听到王垛通了公路后父亲长舒了一口气,说再也不用骑车了……

这次母亲还与我谈到父亲,她说前些年启扬高速通车时父亲就说这下好了,孩子们回来路好走多了,也快多了。要是他知道现在通了高铁不知道有多高兴呢。

我知道父亲会高兴的,清明扫墓时我就告诉他了。我对父亲说,这次我是坐绿皮火车来看你的,下次,就坐高铁啦。

第三辑　教育，还是文化

教育的黄昏

我一直对自己的身份缺乏明确的认识，我生活在学校，给学生讲授文学课程，同时从事评论写作。由于学科课程的专门化，我不太重视自己的"教师"身份。因此，当我偶然读到洛扎诺夫的《自己的角落》时，我意识到我可能没有更好地尽一个教师的责任——这也许是我们学院教师的普遍现象，我们只谈自己的专业，仿佛这才算得上"学术"。

洛扎诺夫是俄罗斯白银时代的思想家，但他非常忠于自己的教师职守，更重要的是他在他的"专业"之外对教育存有那么多的精湛思考，即使放在现在或更远的未来也不过时。

洛扎诺夫的行文风格亲切自然，他总是善于通过许多非常具体生动的事例来表达他的看法、他对教育的忧虑和他理想中的教育，这使我想到我们大学的教育学课程和现在教育学科的专门刊物，我们的专家们就不能讲得生动点？写得亲切些？那样效果肯定会好得多，这不仅仅是文风问题，本身就是一个教育问题，难怪洛扎诺夫要说学者型的教育家可能是最不懂教育的。

我不清楚教育的本质应该如何表达，我对学校的定义也不能有把握地回答得很好，之所以如此，可能是因为通行的说法大而无当吧？洛扎诺夫说教育不应当只注意教什么，而应同时懂得不教什么，他又说，习得什么并不是最重要的，保持什么才最紧要，洛扎诺夫认为理想的教育应该有三大原则，"个性原则""完整性原则"和"类型统一原则"，洛扎诺夫说道：教育应尽可能地保持个性，"因为这是人及其创造中最可珍贵的东西，是其中最美好的东西，哪里的个性没有得到保存，受到压抑或被忽视，哪里的教育就完全不能实施"，他设身处地从受教育者的角度说："只有作为个人，作为这一个人，而'不是一般的人'，我才能在思想和感情上有所建树，才能坚持不懈地追求。"我觉得洛扎诺夫好像就在批评我们，虽然早在孔子时代就有因材施教的说法，但也就是从孔子开始，无不是企图把一个个的个人变成某类人。每个时代有每个时代的教育目标，但都换汤不换药，都是将特别的人变成"种、属、类"。我的女儿才十岁，但她已经越来越严肃和庄重了，她已经会说："我要成为什么什么样的人"等等一类的豪言壮语，不知她知不知道，当她成为什么什么样的人之后，她还在哪里呢？不要以为孩子这样的表述就表明了他们有所信仰，我为我们的孩子这么小就习惯于伪善，哪怕是善意的伪善而悲哀。我知道信仰确实比什么都重要，但这样的信仰必须建立在个性的自觉的选择与体认上，并通过具有良好的有机的理想氛围和人文环境才能催生，但破碎的知识（非完整性）缺乏文化与历史气氛（非类型统一）的教育无法使孩子们达到这样的理想目标。洛扎诺夫的叙述正是我们现在百思不得其解的地方："现代学校对学生如此精雕细琢，而且毫无疑问完全是以慈父的精神和世界观教育学生，可孩子们却不知为什么对父辈的信仰、宣传及教育的一切内容无动于衷。"

保持住孩子们的个性、感情、兴趣以及他们内心的秘密显然比什么都重要，而我们总是要求孩子们说同样的话，比如十几句礼貌用语，穿同样的衣服（各地教育行政部门推行的校服），想同样的问题，做同样的文章。从家长开始，大人们结成同盟，谈话、哄诱、惩罚，软硬兼施，我们一天到晚防范他们，灌输他们。我们为什么不给他们一点自己的空间呢？现在只要孩子们从我们的视野里消失，哪怕只有一会儿，我们就惊慌失措。殊不知，恰恰应该让孩子们独处："不要过于或不断地干涉其生活，如果他们有某种特殊的东西，在这种条件下会更好地生长的。"

在一篇随感中我曾将学校比喻成一个与世隔绝的庭院，这个庭院青砖绿瓦，古木森森，"铁打的营盘流水的兵"，一代代的教师在这里传递着人类文化的血脉。我曾为这个比喻的悲剧意味而感动，但今天我意识到这个比喻无意中表露出一种值得讨论的教育观和学校观。学校当然应当营造自己的气氛，但这样的气氛就一定要与世隔绝？如果这样，那可能在"硬性"中透出无奈与软弱。真正的学校应该是"日常生活化的"，我对洛扎诺夫的这一提法感到很新鲜，洛扎诺夫毫不犹豫地说：学校不应当"拘泥于规则和机械惯性式死板运作的体制"，而应该促进"不用语言，不靠教诲，而凭本身的气息和意义起到教育作用的日常生活方式自发地出现在学校里"。学校之所以非日常化，除了那些清规戒律之外就是我们认为的那些有用的知识。我女儿在今年小学升初中的考试期间以同情的目光看着比她大不了几岁的小伙伴们脚步迟缓地走进考场，她在日记中写道："在这之前，他们是不是有这样一段生活，应付大大小小的考试，完成许许多多的作业，背上书包变得越来越沉？"情形恰恰和她所观察的一样，就以她三年级的课程而言，连体育、劳动等课程也有文字课本，也要进行知识考试，小学老师们只知道教、教、教，比、比、比，鲜有人去想一想，这些知识有什么用？孩子们"信赖"这些知识吗？专家们各执己见，都认为自己学科的知识是重要的，都要挤到"素质教育"里去，结果课程越开越多，学习时间越来越长。我所在的学校有的年级周课时已达三十一二节，五天根本排不了，只得排到周六去，双休日名存实亡，为什么不去掉一些？去掉一些，天不会塌下来。过多的知识不仅使学生不堪重负，还会造成孩子们对知识的厌倦。孔子讲：知之者莫如好之者，好之者莫如乐之者。我从教也已十几年，很少看到学生对规定课程乐此不疲如痴如醉的，洛扎诺夫问道："你们有序，有知识，但你们信仰你们所有的知识吗？"我们的学生怎么回答呢？

过分地专注于知识，成天琢磨如何让学生记住这些知识，最终导致教育的工具主义倾向，几乎所有的"教学改革"都是在这种追求可操作性的"模式"和"教法"上打转转，甚至出现了以行政手段强行推广某种教学模式的咄咄怪事，工具主义、技术主义的倾向使得学校变成了工厂与手工作坊，而最重要的精神层面的东西却被丢在了一边，学生因之或急功近利或被动应付，最有"出息"者也不过是在早早地考虑如何到社会上谋得一份舒适的职位。有人在想这样的问题吗:"在我和我之上有没有一种伟大的、我能隶属的精神机制"?"在这个机制中我或许能生存,能有用,并且在把自身、自己的力量和能力献给它的同时又为自身、自己的力量和能力从它那里获得崇高的启蒙。"应当提倡教育的人文主义精神,正因为我们缺少这样的教育,使得我们的学生越来越事务主义,洛扎诺夫有一组对比性的描述:"以前上大学的是知识不多、但极其渴求新的感受的最朝气蓬勃的青年,他们富有创造性,敢于独立思考,对所有的事都充满了热情和自我牺牲的精神",这多么像五四一代的青年学子,而现在呢?"入学的人知识要丰富得多,但对进一步的深造漠不关心,却在未来实际生活的意向上心事重重。"

作为一篇述而不作的读书笔记已经不短了,原谅我转抄得太多,但洛扎诺夫说得实在太好。我想每一个教育界工作者更重要的是全社会都要关心我们的教育,我再次放弃我旧文中的比喻,因为我们的学校和教育之所以如此乃是因为我们社会的缘故,当我们抱怨孩子缺乏信仰时,我们有没有首先问一问"时代有所信仰吗?人承认和感觉自己是什么?"对诸如此类的问题我们就能保证比孩子们有更自信的答案?所以洛扎诺夫沉重而警醒地说道:"我们怎么样,就怎么样教育和培养儿童。更确切地说,学校是我们社会'我的综合表征'"。

据说有关教育的文字中,洛扎诺夫最出色的是《教育的黄昏》,可惜无缘读到。《自己的角落》是学林出版社《白银时代俄国文丛》中的一种,我在许多教育史及资料中未曾找到洛扎诺夫，我们视域狭隘而又自视专门的教育专家们会去读这本不是"学术专著"的书吗？还是谦逊地读一读吧，这是我写作此文的最大目的。

学校是一棵树

许多想法的产生都是非常偶然的,包括这样的比喻。记得有一年一个电视专题片的摄制组到我所任教的学校采访我,记者要我谈论的话题是地方文化与教育的关系,为了画面的好看,我们站在学校还保存着的一个旧式庭院中。时近深秋,又逢阴雨,寒意阵阵袭来,但院子里的罗汉松却更显苍翠。我当时脑海里闪过的就是这样一句话,学校是一棵树。以这样的一个比喻开头,来讨论学校与地方文化的关系,讨论学校的历史和发展我觉得真是再恰当不过了。

确实如此,虽然我们通常都讲,学校是办成的,而最准确的说法应该是长成的,如同植物一般。我经常想象我那所学校的创办人在古城东南隅踏勘校址时的情景,清水涟涟,荷叶田田,古木森森,芳草萋萋,完全是一派植物的景致。徜徉其中,他一定涌起了一种古仁人之情怀,诗情画意,充溢胸间,仿佛看到了树木掩映下的校园,听到了琅琅的书声。他心里默念一声,就这儿吧。于是,一所学校就这样种下了,发芽了,长成了,一长就是一百多年。

从小苗到大树,其间的变化是不言而喻的,然而生长中的有些东西总是与生俱来、不可改变。这所学校是中国最早的公立师范学堂。创办如此之早,并且在原址原房办学的如今只剩这一所了。绿水环绕,庭院深深。那一进五堂,仍是当年形制。高大茂盛遮天蔽日的玉兰树、每到深秋满院飘香的桂枝和山墙上绿得滴得下水来的爬山虎,让人心定神清、气舒胸朗,而那斑驳的青墙灰檐则透出古朴和悠远,很有点书院的风格。我曾说过,一所学校要办出特色并不难,要形成传统却绝非易事,因为它需要时间,需要长时间的筛选与积淀。传统是什么,传统就是你站在高大的树木下的感受,就是那根茎劲遒、树冠遮天的感觉,是那种虽古犹新、沧海桑田而又生生不息的感觉。一种精神的延续、血脉的承传、气息的流转与生命的焕发,她与天地呼吸,与人文交通。说到底,它已经是文化了。

所幸,我所任教的这所百年师范正是具有传统的学校。这个传统包含了一种精神,一种崇尚学术、求真务实的精神。每一个到学校工作的年轻人,在一开始都会有种无形的压力,这种压力不是来自于制度,也不是来自于管理,它是一种氛围,弥散在你工作与生活的每一个空间,在这种氛围中,读书与治学成了你几乎唯一的选择。我求学时的大学因为正处在"文革"后的复办阶段,是有许多欠缺和遗憾的,也正因为如此,我才为到这所师范工作感到万分庆幸。

其实,在我还没有跨入这所学校的时候,这样的感觉就已镌刻在我心中了。因为我的父亲就是这所学校的毕业生,他后来成了一名乡村小学教员。在多少个寂静无人的黄昏,父亲经常向我讲述他的师范生活。小河、古寺、城墙、甬道、讲堂、木楼和画在课桌上的琴键，那是他难忘的青春时光，也是他精神的不竭源泉。乡村从教简陋与艰辛的日子，在这回忆的映照下立刻变得温馨、生动起来。长大后我明白了一个道理，一个人是可以靠回忆来支撑他的现实的。在父亲的回忆中，我不但熟谙了他母校的深深庭院与长长流水，而且也与他尊敬的师长们遥遥相望。他们有的已乘黄鹤远去，有的仍然健在。当我后来见到其中的一些师长甚至有幸与他们共事时，竟宛然有一种久别重逢的感觉。

是的，学校是长成的。而且，它的成长是与老师和学生一起的。一所学校对生活、工作和学习于其中的人们的恩惠真是难以形容，我从我父亲身上深切地感受到这一点。学校是一棵树，而师生不就是飞来飞去的鸟么？他们在这棵树上觅食、栖息，享受雨露的滋润、阳光的温暖和枝叶的庇护。树是鸟的家园，树是鸟的驿站，以此而喻学校与人，谁又谓不然？

虽然我离开了这所学校，但依然非常怀念她。我与她的联系，她给我的滋养，这辈子肯定是抹不掉了。只要与过去的老同事，与学生们相见，学校总是我们共同的话题。学生们说，是不是校友，好像一眼就能看出来，因为虽然在校也不过就三年或五载，但是那气质，那对人对事的态度，特别是教学中表现出的理念与见解就如同基因一样总会表露出相同或相近的生物性状。甚至有学生也会觉得当年的学习有不少的遗憾，也会觉得别样的风格有别样的精彩。但是，一所学校的风格就是如此，一所学校的传统也是如此，它是由价值观、理念，由情感、制度甚至整套的操作技艺构成的有机体。它是肯定，也是否定，它是建设，也是批判，它是吸纳，也是排斥，它是优势，也是局限。想到这些，同学们便释然了。

当然，还是用树来说明，因为天下没有一棵相同的树。

家庭是真正的学校

"家庭是真正的学校",这是俄罗斯白银时代思想家洛扎诺夫一篇文章的题目。这句话乍一看好像出自现代学校教育尚不发达的时代,而实际上,洛扎诺夫生活在19世纪下半叶到20世纪初,其时的学校教育在欧洲已经定型并走向成熟,但作为一种教育形态与这种形态之下的教育内涵并不是一回事,洛扎诺夫对当时俄罗斯的学校满腔怨气,一肚子的牢骚,所以才有了这样的话。

不过家庭是教育的一个重要环节,这在什么时代都是真理,在教育不发达、学校教育尚未成熟、同时教育普及程度较低的时代自不必多言,在那时,家庭可以说是教育的主渠道,而在当今提倡教育社会化的时代,家庭"教育化"程度的高低已成为某一社区教育普及化的标尺,乃至成为文明程度的标志。因此,家庭始终是值得开发并利用的教育资源。

当孩子在毫无自主的选择下来到人间时,他面临的第一个环境就是由他的长辈尤其是父母这样的社会组合所构成的"家庭",家庭作为社会最基本的单位当然是经济的,但它同时几乎含有这个社会所有的构成因子,孩子的降临使这个家庭发生了质的变化,其受益者首先是成人,"家庭会因为孩子而变得温暖和欢乐"。成人同时成为教育者和孩子的楷模,有了孩子的家庭,"迫使成人在家庭生活中必须目光更敏锐,更热爱劳动。"注意了,洛扎诺夫没有强调成人必须由此而进行知识准备,因为在洛扎诺夫看来,学校与家庭有着教育的分工,在理想化的教育格局中,学校与家庭各司其职,相互不可替代。洛扎诺夫认为,教育的目标应该是培养出"活生生的完整的人",而这样的目标在学校里是无法实现的,洛扎诺夫对当时的学校伤透了心,他认为孩子在学校里固然可以"学到精确的知识,会获得实用的技能或其他的东西",但这些东西是非精神性的,并不是一个人做人的根本,而如果一个人不能确立做人的根本,那么知识与技能再多又有什么用呢?洛扎诺夫认为:倘若"所造之物仍未获得人的正确形象,在这个机制中,所形成的个人没有生命力,形象模糊、扭曲,虽然所掌握的知识是准确的、广博的,所掌握的技能是实用的,但也不会大展宏图。受教育者身上没有形成一个核心,以使这些技能得到有益的应用或至少得到保留,或使精确的知识再加以扩展并得到有效的使用。"换句话说,也就是德育首位。但恰恰就在这一点上,学校常常让人失望,用现在时髦的话说,学校的德育始终是个问题,缺乏实效,洛扎诺夫举了好多的例子来说明这一点,比如信仰的培养等等,这也让我联想到我们现在学校里的种种制度与规范,那么多的活动,那么多的"德育基地",但孩子们在其中又有多少刻骨铭心的体验呢?孩子们写起文章,谈起理想总能一套一套的,但又有多少是他们全心认同如同植物般自然生长出来的呢?所以,洛扎诺夫将"德育"这一块划给了家庭:"只有家庭，也唯有家庭才能培养儿童最重要的文化品质，教给儿童最高尚、最基本的东西"，这些东西是有规律的、宗教性且富有诗意的东西。他不无绝对地认为："个人正是通过家庭，通过社会同整个人类融为一体并感悟生与死的奥秘。"他这样比较家庭与学校："家庭唯一能给孩子的是使之健康成长，使之有信仰，使之处事认真，这就是给孩子工具，如同给旅行者一根手杖一样。如果家庭能做到这一切，就让学校给孩子其他次要的知识吧。"

读到这样的话会使每一个做家长的顿感责任重大，不知道自己该做怎样的努力，以至现在的父母在孩子面前总要摆出一副万事通、百事精的模样，仔细想想，真是虚伪得很。鲁迅当年很重视儿童的教育，但他一直反对动不动就"教育"孩子的做法，他认为对中国的家庭教育来说，至关重要的是我们如何做好父亲与母亲，也就是说，如何真实而真诚地生活。陶行知先生认为，一个人思想品德之定型当在五六岁的时候，这话很有道理，这个时候的儿童并未有什么知识与经验，观察与分析的能力也不强，但这个年龄段的儿童却具备了极强的活动欲望，而且模仿能力极强，有什么样的父母就会有什么样的孩子，也许有一天父母会对自己的孩子"怎么竟成了这样子"大为不解，殊不知他极有可能正是你的复制与翻版。

孩子的意志品质、行为习惯是"养成"的，而不是教成的，更不是用言语教育训出来的。与学校教育不同，家庭是孩子生活的地方，享受快乐与亲情之地，是他适性与游戏的地方，在家里，应该让孩子感到自由，在学校重视"类"的教育的情况下，家庭应该给孩子提供个性的保护伞。孩子的个性不是习得的，是慢慢长成的，对这样一个至今未解的颇为神秘的人才学难题洛扎诺夫归之于上帝，至于家庭，只管营造这样的温床吧："家庭以无声无息的温柔关系和延绵不断的印象掘松和准备好了土壤，虽然没能制造种子，但种子会悄然而来的。怎么来的？来自哪里？这是上帝的秘密，是培养所有杰出人才的秘密。"因此，聪明的家庭总会让给孩子适度空间，而愚蠢的家庭则事事管着孩子，但是谁能掌握住这个"度"呢？谁能有把握地认为哪一桩事给了孩子切实的帮助，而哪一刻的避让恰好呵护了孩子萌芽着的因而是极为脆弱的连孩子自己也许都未自觉意识到的个性之苗呢？因此，当我们按洛扎诺夫的建议去做时，实在是费一番心思的："要让孩子们有时孤身独处，不要过于或不断地干涉其生活，如果他们身上有某种特殊的东西，在这种条件下会更好地生长的。"

所以，千万不要认为知识水平越高的家庭孩子的教育会与之成正比，事情可能恰恰相反，生活中让人心气不平的情形也实在太多，洛扎诺夫的论述让我们更深刻地认识到英雄自古出寒门的道理，实际上是让我们更好地认识到什么是家庭教育的核心资源，家庭究竟要给孩子们提供什么？家庭给予孩子最大帮助的不是万卷的藏书，不是钢琴、小提琴、电子琴，不是计算机，也不是父母渊博的知识和对孩子学业的耐心辅导，洛扎诺夫明确地说："对家庭不应要求任何复杂的知识，不要求它教授深奥的知识或培养复杂的技能。它应全身心地关注和培养子女身上的'个性'，即某种性格。"所以，贫困的和知识贫乏的家庭在子女教育上丝毫不必悲观，根据洛扎诺夫的观察，有这样的一个奇怪的对比性的现象：他"不记得有哪个拥有丰富教学参考书的孩子表现出一点求知欲；相反，在半文盲家庭，在小市民、小业主、退休且贫穷的小公务员、教会的低级职员的家里，倒碰到了求知欲极强的孩子。"其实，精神领域的事情与物质生活领域相距并不遥远，如果一个孩子从小看惯了奢华，他会不会对富贵在意？如果一个孩子从小就生活在饭来张口、衣来伸手的环境中，他会不会于其中建立生活的主动精神？人与人的先天智力相差无几，正如我刚从报上看到的专家进言所讲的，适度的贫困可能有助于生命的健康，一个生活在知识相对贫乏中的孩子必然因匮乏而益增其求知欲，对每一个求知机会都珍爱无比，对每一次习得的知识都会作为珍品收藏起来，并于其中逐步形成求知的热望与学习的本领，建立起独立的"学习人格"。而生活在知识与"教育"相对富有的环境中的孩子会不会被知识压垮？家长的灌输或有问必答会不会给孩子学习上的依赖，家长博学多才的形象会不会使孩子看轻了其他的本可以学到许多东西的生活对象，或者，因为他们的"权威"而压抑孩子或使他们放弃了怀疑、追求、分析的主动性学习品格与学习能力？贫乏所激起的求知欲拓展了孩子求知领域，世界上无处不是他学习的地方，富有则可能让孩子沉溺于自我满足而疏懒的小世界中，所以，"穷困和因之而来的是对教育更有助益的氛围。"这样的结论对日子一天天好起来正在"奔小康"的中国家庭来说无疑是一个挑战。富有的家庭"任何时候都不应使孩子有富足感，也不要使他们感到自己是家庭关心和照顾的主要对象。"要让孩子知道家庭固然承担着教育与抚养他们的义务，但他们同样对家庭有着不可推卸的"义务和严格的责任"，他们是家庭的"困难"之一，而不是如我们平常所认为的孩子是"家庭的幸福和骄傲"。当然，贫困与富有也许还不是最重要的，重要的是孩子必须拥有一个"幸福"的家庭，什么是幸福的家庭，洛扎诺夫没有说，但他给出了什么是"不幸"的家庭，那就是"家风败坏"；不能承担社会所赋予的"劳动"；长辈或父母的"关系都已破裂"……

我实在不能同意我们一些"家长学校"的做法，当然，我对一些家庭日益学校化的做法也很怀疑，学校有学校的责任，家庭有家庭的责任，如果将家庭从硬件到软件武装得像个学校一样，那还要学校干什么？当然也可以反过来问，即那还要家庭干什么？家长们真的应该知道，孩子们的学业确实不是你应该操心的地方，你也操不了这份心，孩子的优良的品质、良好的生活习惯、健全的人格、丰富的情感……总之，人之所以为人的最重要的方面才是家长们应该倾心关注的，让孩子真正生活在家庭之中，而不是时时产生是不是换了教室的错觉，让孩子从整齐的公众化的教室回到家庭也就是让孩子回到真实的生活中，家庭于此中春风化雨润物无声地完成它的教育任务。洛扎诺夫下面的一段话我愿意作为教育格言推荐给所有的家长们：

  我们实际上不能使儿童脱离我们，把他们隔离于我们的生活和劳动方式之外。因此，谁能教导我们并号召我们劳动,指明劳动的重要意义,谁能向我们阐明生活,他就能向我们的儿童阐明未来。

教育，还是文化

教育问题同时又是文化问题，一般来说，文化概念要比教育的概念大得多，通俗地讲，文化可以泛指一切人工的行为和印记，包括物质的和精神的，如果从文化的角度讲，社会的变革实际上是文化转型的结果，任何社会都可以视之为文化的积累和传承，因此，不同的社会阶段又都可以用经过不同的文化范型去解释。

不能再尚空谈，先转述我元旦期间看到的一个电视节目，这个节目是中央电视台为庆祝2000年到来二十四小时直播里的一个专题，崔永元主持的《实话实说》，主题是《畅想未来》，参加的有小朋友，也有各种领域和学科的资深专家，主持人请专家先上前观看小朋友幻想21世纪的绘画作品，然后讲出作品的内容，孩子的绘画作品有令人惊讶的想象力，当时的作品非常多，有的将未来的人进化（返祖？）为三栖动物，陆上、水里、天空，往来自如；有的将吸尘器变成飞行器，可以乘着它去天空吸尘——大气中的污染太多了；有的幻想未来的能源是牛奶，能喝又能用，这是天然的"绿色能源"，与这一幅相似的是未来的树木神奇异常，会结各种日用品，到那一天，制造业都没有了，还有什么环境污染呢?而另一个孩子想象道,如果制造业不能少,那就让太阳系的其他行星去承担吧,而地球则被改造为纯粹的无污染的度假村。还有的孩子想象出会发光的衣服,那样,孩子们就不会惧怕黑夜了;搬家实在太烦,于是就有了会飞的房子;坐飞机也太贵,吹一颗肥皂泡就可以了。有趣的是孩子们还在图画中设计了许多机器人,将家里的事包括自己的作业全包了。最有趣的也画得最生动、情节性最强的是一位小朋友在一幅图画中克隆出一个自己,"克隆我"在做作业,"真我"则在窗外踢足球,而妈妈对克隆"儿子"赞不绝口。

在一篇类似回答"给我影响最深的书籍"的文章中我曾提到50年代出版的由当时一些著名科学家联袂撰写的《科学家谈二十一世纪》,书中的一些设想有的已变成现实,如果将这本书与元旦电视上小朋友们的"畅想"相比,科学家们显然要理性得多,规矩得多,实用得多,而孩子们的畅想则要生动得多,有趣得多,这生动与有趣有许多恰恰是建立在"反理性"的"违规"上的。

我这里不想谈"科幻",但在科幻问题上,孩子们与科学家在思维上的差异是不可否认的。就在元旦的那次电视上,几乎没有一位专家能说出孩子们的绘画意图,里面除了儿童绘画语言的阻隔之外,更多的是缘于大家是否异想"天开",因为当专家们在听取了孩子们的介绍之后依然无法准确地理解,他们的思维方向和思维速度都似乎无法与孩子们保持一致。当电视节目进行到这里时,情形出现了令我高兴的场面,它没有演化发展成为专家们的讲坛,孩子们依然是节目的主角,当然,它更没有演化发展成为一堂科普课，没有让专家们向孩子讲述未来科学的发展前景，相反，老师是孩子，专家们几乎无一例外地在倾听孩子的声音，在赞叹孩子们绘画所表现出的奇异的想象力和创造欲望，不少专家坦率地承认跟不上孩子的幻想，认为"孩子的想象力比未来学家还未来学家"，表示要"虚心地向小朋友学习"。

这就是我介绍这台节目的真正目的，我要推荐的就是专家们的这种态度。这句话不能小看，如果在一个社会中，成人向孩子学习不仅是一种个别的偶然的现象或行为，那么，这个社会就具备了一定的现代性品格，成年人与未成年人的关系几乎是所有社会的中心问题，因之，通过对这一关系的解剖与研究就可以发现一定社会的文化秘密。美国人类学家玛格丽特·米德在其代表作之一《代沟》中指出，在任何社会，都存在着成年人与未成年人的差别，这种差别是自然意义上的，更是社会、文化与心理意义上的，米德将其称为"代沟"。以往我们也研究过代沟，并且在某一个时期曾经十分流行"理解万岁"的口号，其实，代沟是客观存在的，从文化社会学的角度讲，重要的并不在于取消代沟，抹平代沟，而在于代沟的性质以及代沟间沟通的方向和方式，这往往是某种文化的表征。米德通过对文化传播方式的研究后发现，在不同的文化中，存在着不同的代际关系，依据不同的代际关系，米德将文化分为三种类型，这就是"后象征文化""互象征文化"与"前象征文化"。"后象征文化是一种变化迟缓、难以觉察的文化。祖辈的人把刚出生的孙儿抱在怀里，除了他们往日的生活外，他们想不出孙儿们还会有什么别的未来。成年人的过去就是每个新生一代的未来,他们早已为新生一代的生活定下了基调。"在互象征文化中,"社会成员的主要模式是同代人的行为",在这种文化环境中,"一代人中的每个成员都要以他的行为给同代人做出榜样","当每一个人成功地表现出一种新风格时,就在某种程度上变成了自己那一代人的典范。"但是,在这种文化中,"老年人仍然处于支配的地位,他们树立典范,规定限制范围,年轻人的行为中所表现出的互象征性不得超出这些范围。"米德向往的是前象征文化,"因为在这种文化中代表未来的是孩子,而不是父母或祖父母。"在前象征文化中,文化传播中的代际关系发生了质的变化,是老年人向孩子们学习,只有在这样的社会中,创新才成为自然而普遍的事,社会才能以几何级数的方式日新月异地发展着。

非常感谢崔永元编导的那档电视节目,因为我见到了老科学家虚心而不是虚伪地向孩子们请教,这样的场景也许还是偶然的,但这毕竟是新文化的萌芽。当然,如果我们放眼整个社会,情形自然不容乐观,观念与环境的冲突太大了,现在,不管是教育行政部门,还是一些教育科学工作者,都在呼吁创新教育,创新教育的实验也层出不穷,但仔细考察会发现,这里面存在着一个相当严重的悖论,一方面希望孩子具有或焕发出创新意识与创新能力,另一方面仍然是将孩子放在被动的位置上,如果用一个简单的语句来抽象我们的创新教育,那就是"只要你按照我的去做,你就会创新",这实在是很滑稽的。倘若再将眼光放开阔些,将教育文化放在整个社会文化的背景中去思考,就会发现我们的社会开放性还不够，无论是观念、制度、体制……直至情感、行为方式和模式，都并不利于创新教育的实施。自从学校教育体制完善以来，教育的集中化、专业化程度是高了，但同时也与社会拉开了太大的距离，太人工化、虚拟化、理想化了，变得不那么真实，也很脆弱。其实，一个人的成长并不仅仅在学校、社会，包括家庭都是我们不可轻视的教育资源，你不重视也不行，它在那里自在自为地起着作用。比如最近媒体再三报道整个社会的行为明显地与教育行政部门和专家的理想对着干，而孩子们在社会家庭的多重压力下仍然循规蹈矩地延续着过去的教育方式与学习模式。所以，对于创新来说，需要一个怎样的文化环境确实是很重要的，也是需要我们全社会去思考与建设的。让我们回到《代沟》，借助米德的研究再稍作思考，米德认为前象征文化是最利于创新的，而按米德的说法，我们现在的文化依然不脱后象征文化的影子，至多是个互象征文化阶段，"现在还是与过去一样，老年人仍然掌握着控制权"，传统、先验、他者……的价值系统支配着我们的孩子，他们自身无法提出自己的价值取向和评判方式，他们不可能自主地生活，他们身处的是一个"整体性和复制性的系统"，"在那些压制和束缚自主行为的系统中，我们不知道某些儿童是怎样保持其自主行为的，某些儿童在得到所有既定的答案后是怎样学会把疑惑压在心头的，或在面对饥饿与绝望是家常便饭的条件时，他们又是怎样保存着过分的希冀。"一个整体与复制的文化必然是同质而非异质，在这样的文化中，孩子们不要说自主生活，连第二种参照物也找不到或者不可能获得借助参照物思考的意识与能力："倘若人们在童年时期接受的是被认为理所当然的文化教育，而他们与其他文化成员的接触又甚少，并充满敌意或鲜明对比，则他们的深刻的认同意识就几乎是无法改变的。"说到这儿，我们全社会都应该检讨我们究竟应该让孩子意识到的是怎样的一个环境，这个环境诱导的是人性中的哪个部分，如果这样一问，我们就会发现我们诱导的是孩子们身上的"依赖性"，整个教育也是建立在这种依赖性基础上的，而"以人类的依赖性为基础的学习可能是相对简单的，但人类创造复杂的、教育性系统的能力，理解和利用自然界各种资源和管理社会、创造富于想象力的世界的能力才是非常复杂的。"所以，我们很可能是抓了芝麻，丢了西瓜。米德认为，完全推翻现存的社会环境是不可能的，因为文化总是渐变的，但又是重要的，也是可以逐步做到的，那就是让孩子拥有自己的价值观和价值评估权利，让孩子在成长时期尽可能生活在多元的文化环境中，将学习从接受变为主动获得和求索，并意识到环境的生成性，意识到面临的一切并不是要守住而恰恰是有待改变和需要改变的，所谓"没有最好，只有更好"……这一切应该并不难，当然，更关键的依然是如何看待我们的孩子，环境是什么？马克思认为环境中最重要的因素是人，所谓环境，说穿了就是人与人的关系，因此，每一个社会成员随着自身的变化都要时时刻刻关注自己与孩子们的关系，不管自己处在怎样的地位，都要树立这样的观念，相对于比自己更年轻的一代终究是落伍者，因为"孩子们，年轻人，将提出我们连想都不会想到的问题。"理想环境中的代际关系是一种对话关系，我们必须相信,"在这种对话中,年轻人按照自己的首创精神自由行动,他们能在未知的方向中为长者引路。"

如果这样说,元旦的那档电视节目应该被视为理想的环境因子,如果这样的因子不断增多,有利于创新教育、有利于孩子们成长的大环境也就形成了,到那时,我们是不是就进入了"前象征文化"?

被崇拜的老课本

2010年图书市场值得玩味的事件之一是几套老课本竟然卖得脱销。当然，那些老课本比如叶圣陶、丰子恺编绘的《开明国语课本》确实有许多值得称道的地方，但即使好处再多也不至于卖得断了货，因为它毕竟不是畅销书。事情已然发生，总得有个解释，我以为这是一次特殊的文化背景下典型的羊群效应。老课本的影印再版可能一开始不过是出于满足怀旧时尚的目的，但它的出版与时下对中小学语文教育的批判之风不期而遇，而一些专家学者正愁没东西继续说事，如同瞌睡之时有人送来了枕头，顿时议论蜂起。对当下教材的指责与对老课本的赞赏相得益彰，它成功地击中了无数家长焦虑的心，让他们在迷茫和不知所措的时候有了一种选择，一些家长摹仿着专家的口气对老教材赞不绝口，于是，千万个家长接踵而至。在一个浮躁、追风与资讯发达的社会，这样的消费风景是极易产生的。

我们正趋于一个以否定作为常见动作的时代，怀疑、责难、恐慌乃至失去理智的冲动已经渐成风气。人们大概已经没有什么可信任的了，而这其中，教育所承受的苛责与批判尤为突出，因为教育总是不可能达到人们的期望值，人们总是好了还要再好。

恓惶的人们觉得此生已无希望，唯望下一代能有幸福成功的明天，然而偏偏能给孩子带来希望的教育最令大家失望，迎合这样的心理，对教育的诅咒此起彼伏，甚至组团批判，这已经成为宣泄社会心理的常设频道。这一次老课本的脱销以及围绕脱销所做的千万篇文章，可以说是这种宣泄的一次集中表达，它的象征作用远远超出了其本身的意义。

不知道普通的家长们如何看待这些老课本，他们不满教育的现状，他们用购买老课本这种肯定的方式去表达这种不满，除了这些，还有什么？即他们如何阅读，如何将这套老课本应用到对孩子们的教育中？真实的情形如何？这些关键的后续行为被淹没了，或有意忽略了。我想，大多数家长真正打开老课本之后会有许多茫然的，他们不知道如何使这几十年前的影印本能在孩子们的语文学习中发挥作用。

老课本毕竟是过去的产物，任何事物都有其必然产生的背景，也有其不能脱离的环境。作家亲自写教材、只出现"课文"而不提供学习环节的设计、将生活的内容概略地作为课文编排的结构使语文教科书同时具备生活教育的功能等等，这些老课本的特征与当时的社会状况、课程设置、文明程度、编写者的意图与情怀都密切相关，与当时的教育制度、教学目标、与受教育者乃至全社会的教育期望都是联系在一起的。说老课本好怎么说都行，但这样的老课本是注定进入不了当下教育实践的。我同意一些老师冷静的话，围绕老课本所引发的对当下教育及语文教材的不满确实多，但如果以老课本取代时下教材引发的不满与争论肯定更多。

  叶圣陶从来不认为教材有多重要，他说过，教材无非例子。重要的是使学生学会学习，让他们自己去建构成功的语文生活，去寻找属于自己人生经典的教材。因此，唯教材论与教材崇拜是天真的、不可取的。它在本质上不仅封闭了语文学习中获取资源的途径，阻碍教材的建设与更新，而且忽视了教师与学生的主体作用。在一些具体的学习材料上争论是没有意义的，被一再称赞的《开明国语课本》第三课全部内容的那两句对话"先生，早。""小朋友，早。"好在哪里？这样的内容一定要放在语文教材中？教材要与现实生活相联系固然不错，但实施起来颇为不易，与谁的生活联系？城市，还是乡村？穷人，还是富人？恐怕永远不可能平衡，不平衡就会被看成歧视。还有，教材究竟是作家亲自写还是选用经典作品，选文上古典的多还是时文的多，呈现方式上是单纯的文本还是同时设计学习情境等，都无一定之规，这只要看看其他国家的母语教材就可以明白。现在的国民教育的期望是什么，价值基础在哪里，我们的语文生活状况如何，语文教育应该承担什么职责，把这些基本的问题搞清楚才是重要的。

  总而言之，教育或有问题，但并非几本老课本可以疗救。

富 养

　　如果时间再倒回去几十年,我相信邻居李大妈也许会是痛说家史的一张名嘴。关于她的过去,作为一个比她小几十岁的邻居,也已经能倒背如流了。说实话,我搬到这个小区没几天,她就自来熟地到我家串门,这在现在的城市是非常少见的,没多少日子,我们对她不幸的几十年便了如指掌了。她常常以"我的命真苦……"开始讲述,她说她父母生了八九个孩子,只有一个男孩,丫头本来命就贱,再加上她长得又不漂亮,挨打挨骂那是常事。那时候大人走亲戚吃人情酒,总会带一个孩子去,但从来不带她,有一年她仗着过生日斗胆要求父亲带她去,结果掉到河里差点淹死。解放前夕,家里逃难,还曾经把她送到孤儿院。后来她也有了工作,成了苏北小镇的一名普通职工,但是与她的姐妹们相比,她们都在北京、上海、苏州这些大城市,她就是因为嫁了个乡村小学教师,才一直在乡下生活,而最近老伴儿又离她而去……看着窗外不时走过的对对老人,她的眼泪就要流下来,叹上一口气:"唉,我的命真苦啊……"

　　李大妈常常说起我们小区的许多老人,我们很吃惊我们园子里有这么多的老头老太,而我们一个都不认识。这些人都是李大妈羡慕的对象，他们小时候没吃过苦，他们是退休或离休的干部，他们是有文化的教授，他们的子女不是高官就是富商……有时候，李大妈来敲门好像就是为了告诉我们一些老人的行踪，楼下晨晨的奶奶跟儿子出国了，东边7号楼的张老太的女儿给她新买了一套衣服，后面高层的王老头做了八千元的体检套餐，然后又是一声叹息。说她身体也不好，"先天不足，再加后天不足"，"坐月子的时候，婆婆连一只鸡也舍不得杀呀"。她时常咨询我们什么叫低血压，什么叫压差，什么是气虚，并且对照《万家灯火》上专家的说法，断定自己是虚寒。

但是，接触多了，我们觉得李大妈似乎并不像她说的那么凄苦，而且，好多的抱怨未见得不是一种荣誉，比如她的那些大城市的姐妹不少功成名就，有的嫁入豪门，而且一直与她来往，还常常邀请她去住上一两个月。她的子女好像也挺有出息，对她也挺孝顺，有时她会失忆般地忘记自己的苦处夸起儿子媳妇女儿女婿孙儿孙女的好来，恨不得个个都让她骄傲。更何况，她都八十多岁的人，能吃能动，再加上四千多的退休工资，全国各地去玩，还去了香港和澳门，玩遍了迪士尼的所有项目，包括过山车。但就这样，她说着说着，到最后还是长叹一声，不是抱怨身体又不好了，就是抱怨老头子为什么要先她而去。她为什么就没有幸福感呢？

每次送走李大妈，我们都要关起门来讨论一番，她到底幸福不幸福呢？幸福是个体的体验，所谓如鱼饮水，冷暖自知，我们虽然觉得李大妈未必不幸福，起码也可以算个小康，能达到知足常乐吧，但李大妈她自己觉得不幸福，那又有什么办法呢？看到她一把鼻涕一把眼泪，仿佛全世界只有她一个人最不幸，真的是很同情她。我和妻子把李大妈的身世翻过来扒过去，最后的结论是一切皆根源于她的童年，李大妈童年的不幸一直投射在她整个的人生上。而她童年的不幸就不幸在没有"富养"上，李大妈的父母对她不但没有富养，简直就是"穷养"。这个"穷养"不仅穷在物质，或者不一定穷在物质，而是穷在知识，穷在文化，穷在情感，穷在心理。细究李大妈的童年，似乎也说不上饥寒交迫，但确乎没上过学，确乎没有得到过父母的爱，确乎处在同龄人、处在亲戚朋友的冷言冷语中，她的童年自发疯长着的是羡慕、孤独、嫉妒和仇恨，直到人生的晚年，她也未能走出这样的心境，对身边的幸福总是视而不见。

　　这是个发现，也是个问题。现在满世界都在说女儿要富养，如何富养？就是让孩子有吃有穿吗？可能精神上的富养才更重要吧。否则，长大了，变老了，会不会出现一个又一个的李大妈呢？而更关键的问题是，年轻的父母们，你们为富养下一代储备了足够的精神养料了吗？

我们的宿敌

听女儿讲,时下学生流行的话题"我们的宿敌",这"我们"自然是正在上学和成长中的孩子,而"宿敌",这个永远的命中的敌人则是"别人家的孩子"。说现在校内网上不少小朋友都在热议,特别是放假了,回到家里,接受父母的耳提面命,这宿敌便来到了各自面前,搞得孩子们非常失败,非常沮丧,灰头土脸,颜面扫地,他们只能在网上相互倾诉,聚在一起对各自的宿敌切齿跺足。听女儿谈论孩子们围绕宿敌的交流真是大开眼界,宿敌,或者别人家的孩子只是统称,具体到每一个人则是各个不同的。这些敌人可以是张三,可以是李四,是自己的同辈小亲戚,楼下的小妹,隔壁的帅哥,父母同事的子女,班上的同学,如此等等。这些宿敌的门派、功夫与武器也不一样,可以是聪明,是勤劳、刻苦、懂事、孝顺、能干……他们大都是某一门派的掌门或高手,握有置同龄人于死地的葵花宝典,他们傲视群雄,是人中龙凤,是出国深造者,拿奖学金者,竞赛获奖者,名校保送者。

说到这里,我明白了,这宿敌是家长引入的,是为自己家的孩子量身定找的克星。所以,不管自己家的孩子怎么优秀,他都有软肋,都有弱不禁风不堪一击的命门。比如,你老实,但你聪明吗？你聪明，但你勤奋吗？你勤奋，但你运气好吗？你运气好，为什么有比你更优秀更成功的？不信，你看某某某。就这样，别人家的孩子身披战袍在父母高举的聚光灯中走上了擂台，父母非常乐意地看到自己家孩子的狼狈相，刚才还气势汹汹，即刻便望风披靡，如土委地。

我实在佩服孩子们的智慧与生存本领。他们将这世世代代的父母们奉为不二法门的传统做法做了如此形象的归纳，并且通过这种准娱乐化的方式来排解自己的失败和沮丧。确实如此，宿敌不只是他们这一代才有，哪一代的孩子都难逃劫难。我回忆我的小时候，父母亲也是这么做的，每一次的训斥都好像是以"你看谁谁谁……"这样的句式开头的。说实话，我学得并不差，也不调皮，但总有比我更加优秀的同学。我的中小学几乎都在拼命地与一个个对手竞争，甩了一个，又来一个，我永远是一个失败者。我对女儿说起这些，然后对她说，你是幸运的吧？爸爸好像没给你树什么敌人。不料女儿大叫一声，你树得还少啊，哪个哪个，都成一个加强排了。这让我很惭愧。父母亲给孩子的伤害那么大，但自己却那么轻易就忘记了。

如何做父母是一个老话题了，却怎也找不到大家都认同的看法，或者，嘴上认同，但做起来却总是另一套，所谓知易行难。"我们的宿敌"的实质是什么？这是一种比较的教育方式。手段是拿一个被教育个体与另一个被教育个体进行比较，其前提是别人能做到的你也一定能做到，这显然是荒谬的，因为人与人的差别实在巨大。日本教育家小原国芳说："每一个人都是'天上地下唯我独尊'，无法与世界其他诸物相互置换的大宇宙。这些大宇宙在通过自身的发展完善而发挥各自的天性时，将呈现出一个其他任何东西都不能代替的、松竹相别、菊堇各异的、独一无二的美妙世界。"北大老校长，教育家蒋梦麟也说过："人之所以贵于他动物者，以具人类之普通性外，有具有特殊之个性。"他将人与牛羊做比后认为，牛羊群中"各个无甚大别"，而"人群之中，则此个人与彼个人相去远甚"，所以，个体的成长"皆以秉性与环境之不同，而多成其材也。故欲言人类之价值，首先言个人之价值。不知个人之价值者，不知人类之价值者也。"不知谁说过，一个人开始懂得不要将人与人做比时意味着他的成熟，如果这话有道理，那么我们有多少家长可能一辈子都处在蒙昧的状态。

　　孩子们还在网上热烈地交流着各自的宿敌，在这个看上去笑声不断，皆有会心的网络讨论的背后是他们怎样受伤的心灵呢？他们的自尊、荣耀、成就、些许的进步与只有自己才能体会的点滴成长的喜悦，我们就忍心将它们打得落花流水？

　　我为父母亲们如此的教育感到羞愧，我祝愿孩子们生活在没有"敌人"的世界里，我将从我的生活中将女儿的宿敌们请出去，从心底里，干干净净地，一个不剩地，请出去。

　　别了，宿敌们，别了，别人家的孩子。

荔枝的故事

女儿有一同学,可以称得上内战内行,外战外行,看上去性格懦弱,遇事总让人三分,时间长了,同学们都有些不忍心与她争了,所以在班上人缘倒也很不错。但在家就完全是另一副样子了,小公主、小皇后、小泼妇……反正,形容女人厉害的词都可以用到她身上,只需在前面量身定冠一"小"字。衣服不合适了,撕,手机不喜欢了,摔,反正身后永远跟着一群诚惶诚恐六神无主的长辈们。在那块小小的疆土上,这小暴君没有遂不了的愿,可以说攻无不克,战无不胜。在学校,说到相近的话题她会若无其事地与同学们说起这些,如此的判若两人,同学或者不免疑惑,或者有些惴惴,心里寻思有没有得罪过她,真人不露相啊,哪天发起飚来可受不了。

一次周末返校,这个小同学兴奋地告诉伙伴们说回去整个地把家里人给震了,大家忙问这次都摔了什么,又买了什么,她连连摇手,要大家别老眼光看人,她要重塑形象,刷新人生。说她首先就没告诉家里她要回去,怕家里又要兴师动众地来接。一到家背包没放下就抢着替大人干活儿,拖地、抹桌,笨手笨脚地捡菜、做饭,等大人们醒过来忙着把饭做好在桌边坐定,她又赶着给爸妈盛饭、夹菜，爸妈慌了，问她怎么了，是病了还是遇着什么事了，她说，没什么事，是同学的一个故事，让她明白她长这么大真是做错了很多事，特别是对长辈们。爸妈再也崩不住了，搂着他们的小公主，哭成了一团……

一个故事真的可以这样快地改变一个人？

她说的同学的故事就是我女儿讲的她自己的故事。那是在女儿很小的时候，我们还在苏北的一个小县城，生活水平远不是现在这样，许多商品都还在报纸和电视上，比如荔枝。这种水果我的知识还是那篇《南州六月荔枝丹》，这种尊贵的水果初到县城时，一是少，另外也贵，舍不得买。后来价格可能下来了，有一年上市时我爱人就狠心买了十几个，因为她小的时候在上海亲戚家吃过，美好的记忆一直留了下来。她小心地教女儿怎么剥皮，怎么吐核，然后把荔枝放在冰箱里，省着吃。我们上班去了，女儿一个人在家里。她后来告诉我们说，她原先对这种水果一无所知，不知道天下还有这么好吃的东西，她知道妈妈舍不得，但她实在挡不住它的诱惑，她打开冰箱门，看着那一小盘红中带绿绿中带红的果子对自己说，只吃一个，于是，她按照妈妈教的方法吃了一个，就像刚才吃到的一样好吃，她对自己说，再吃一个，就一个……等她终于说服自己的时候，盘中只剩下四只了。

我们下班回家，女儿欢天喜地丢下游戏扑到妈妈怀里，我打开冰箱，看到了吃剩的荔枝。我将还在撒娇的女儿拽了过来，指着敞开的冰箱门说是不是你吃的，接着是一段女儿也许一辈子都记得的话，"你怎么能这样？这家不是你一个人的，就这个小家庭来说，你只是其中的一个，三个中的一个，大家是平等的，权利、义务，都是平等的，你没道理比别人多。爸爸妈妈上班挣钱养家，你应该体谅才是，你又不是不知道你妈妈喜欢吃荔枝，但又舍不得吃，那么省着。爸爸可以把自己的那份儿让给你，但也不能这样！"接着我又说了一大堆，大意就是孩子虽然小，不能也不用去挣钱养家，但从小应该有这种分担的心，父母亲固然应该尽力保证孩子成长的条件，但孩子也总应该知道一切来之不易，决不可奢侈贪婪，养成多吃多占的恶习……总之，你是家里的三分之一，权利、义务，绝不可以吃独食。

这个故事的作用超出了我的想象，女儿确实不吃独食，很会照顾人，难得的善解人意。她从不厌烦家务，小学三年级时就自己悄悄地爬起来做饭，上学，现在同学家庭聚会，她是公认的大厨。她很少提出过分的要求，面对喜欢的东西，总是在锦上添花与雪中送炭中权衡，关心着家里的收入，与我们商量着量入为出……

我好像也与朋友和同事们说过这些故事，有理解的，但更多的是批评我的小题大做，不近人情，不就是几个荔枝，至于吗？说实话，我也不知道我应该不应该那么做，想不通就不想。女儿已经大了，不要说荔枝的故事，连同女儿同学的故事也都遥远了。到她们有了下一代的时候，不一定要像我这么做，但我希望她们给孩子讲一讲我这个不近人情的父亲，讲一讲那个荔枝的故事。

个人叙事与微观中等师范教育史

个人叙事正在成为表述历史与现实的重要方式，这种方式其实是可以向许多领域推广的，比如师范教育，再细一点，中等师范教育，当个人叙事介入这一领域时，就可以形成微观中等师范教育史。也许，这一学制的专业教育早已淡出了人们的视野，也许，回顾20世纪直到新世纪初，不少人的记忆依然停留在学制、专业设置、以及它的生死存亡上。然而，当尘埃落定以后，蓦然回首，许多争论已经失去了原有的支点，许多的设想可能确实不能适应时代的大趋势，而许多现在看来依然纠缠不清的悬案向后再推若干年结果也就瓜熟蒂落，结论水到渠成。唯有一点是真实的，那就是曾经在中等师范学校工作过的老师，以及从中等师范学校走出来的莘莘学子，他们鲜活的青春，花样的年华，这种不可重复的生命具有不可轻慢的价值，他们的生命还在延续，他们的事业还在提升。特别是大批中师毕业生，他们是基础教育的中坚，薪火相传，以自己的实践传递着千年的文明。这样的个体生命历程常常是宏观叙事难以表达的。

我一直期待有对中国现代师范教育史，特别是初等和中等师范教育史做深入细致的研究，而且，这种研究应该是多样化的，在可以想象的现有的各种类型的教育专题史以外，能否有耐心细致地研究学校与个人的教育叙事？一个学校的办学实录，它的历时性的过程与共时性断面，哪怕这样的叙事是琐屑的，流水账的，日常化的。我实在是担心现有的教育史视角与框架会将那些真实的生活格式化了，也担心"现代化"的教育理论会遮蔽和虚构那段历史，而当人们放下学术的野心，舍弃利益的掣肘，甚至，小心地管束住自己的观念时，那段历史才会以本真的状态、本来的面目呈现出来，而它的精神和意义也才会自在地显露出来，我固执地认为，它会彰显许多我们自以为熟悉但实际上是非常陌生的事物。

虽然离开师范教育已经十多年了，但只要有机会，我总是十分乐意与原来的同事和学生见面，谈得最多的也是他们在校时的生活。许多学生在教育领域工作也已几十年，教育的话语也已十分娴熟，但是，谈到当年的学校生活，难以忘怀的还是那些细节，学校的草木，门前的流水，音乐楼木制楼梯的吱呀声，具有个性特征的特立独行的老师们。一场又一场的考试与基本功训练大都忘却，入学教育以及数不过来的班会课也已淡出记忆，但某位老师不经意的一句话却令他们震惊，如醍醐灌顶至今受用。前几天，遇到一位二十年前教过的学生，他说他至今还收藏着在中师三年的作文本，一本不缺，他经常把这些作文本拿出来，对他儿子说要好好写文章，"爸爸今天还能靠文字为生都是师范打下的基本功，你看老师当年给我写的批语，打的圈。"这位学生是我当年的课代表，在一次聚会中，同学问他怎么当上了汪老师的课代表，他平静地说了三个字："凭实力。"结果全场笑翻。

这是多么令人愉快的回忆！虽然学生的作文我早已忘记，更记不得如何夸赞他，但一个学生会收藏着几十年前的作文本，并且有勇气以它作为下一代的教育材料，一定是有道理的，这个道理显然超越了作文本身，更有许多人生的意味。——当年的中师语文与高中语文的差别是很大的，大的程度不能以数量与距离计，它是本质的。中师的作文教学相对自由，与学生的生活相对贴近，一般不在技艺上做多少指导，更不会有什么模式，不会让学生去套作文。这也是中师老师与普通高中老师的区别之一，这就是一个有意思的话题。——若要说这样的例子还有很多很多。你会不期然地遇到一位学生说起当年的一次讲座，也会有学生复述出你当年在"周记本"上与他的谈心，还会有男生说起他在基本功过关时跳的儿童舞得到了你的夸赞。一次在陌生的城市酒店的电梯中，碰到一位我怎么也记不起当年面容的学生，他非常着急地帮我回忆说，毕业的那一天我整整与他说了一晚上的话。当年学校确有这样的惯例，学生毕业的前一天总是通宵无眠，教学楼人声鼎沸，灯火辉煌，他说："就在东二院，那个长满梅花的院子，在你的办公室，我们说了一晚上的文学。"我随口问了句，你现在还接触文学吗？他说一直没离开过，"我已经是我们那里小有名气的作家了"。由此，我们恢复了联系，他的作品还真是好，朴实无华，乡味十足，今年将结集出版。我想，当时为什么不多找几个学生通宵说说文学呢。

老师对学生的影响是你无法想象的。90年代中期，学校招收第一届大专班，文科，写作是必修课。但有个学生，一学期下来了，愣是一篇作文也不写，写作老师找他无数遍，怎么说他就是不写。写作老师没办法，如实告诉了我这个班主任，我就问他为什么不写，道理是什么？他脾气好得很，说没什么道理，就是不会写，以前也没写过。我很诧异，我们围着操场谈了几圈也没什么效果，只好移师我家。这是这位学生第一次到我家，后来他在文章里说，想不到一个老师会有那么多书。如果不是后来看到学生的文章，我也不知道他怎么就写起了作文，而且越写越好。一个老师的藏书量与一个学生开始写作文，并且喜好作文，这两者之间究竟有什么样的因果？但学生固执地认为正是"那么多"的书，让他说不出的惊讶，并让他从那以后再也离不开书，他的工作岗位已经换了几个，但买书、读书、写书，是他一直不变的生活选项。

我说这些与我的主题有关系吗？这些琐屑的细节只是个人生命中倏忽即逝的偶然碎片吗？不是。恰恰是这些看似偶然的碎片，如同一个个生命检材，记载着"师范"的基因。学校、教师、学生，以及主持、主导过师范教育的机构与个人，共同构成了一个特定的生命共同体。在整个国家与社会中，在国民教育体系中，当年的中等师范教育虽然不可避免地与各方面有着复杂的联系，但是，它又是一个相对独立的存在，正是这个相对独立的存在使它拥有了自己的个性，并渐渐涵育出了自己的品质、内容甚至文化。为什么上到国家教委的师范司，各省教委或教育厅的师范处，下到各师范学校，都不断提出风行一时的师范教育办学主张，并且能落地生根，行之有效，是有道理的。这种相对自由的教育氛围和相对专注的教育行为此后再也见不到了，所以更有保存、反思和汲取的价值。

　　前面已经说过，历史研究可以从宏观与微观两个层面来进行，也可以采取学术和叙事两种视角，不管是当年的师范学校，还是师范教育行为的参与者，在现有的研究中，我再次推荐以它们为个别对象的微观研究，而其方法就是"个人叙事"。对此不妨再多说两句。在许多研究者眼中，个人叙事总是不可靠的，不管在西方还是在中国，所有的叙说曾经都不过是"代言"，而从"代言"的立场与价值观看，真正的个人叙事实际上是不存在的，也是没有意义的。直到20世纪，个人叙事的地位才慢慢得到认可，这一结果是因了人们真实观、历史观、科学观与价值观发生了变化，因为，只有这样变化才诞生了真正的个人叙事。强调个体在社会生活中的本体地位，肯定私人视角在观察社会中的不可重复性，重视社会生活现象层面的完整性，重新将情感、体验等内心情绪纳入对象评价序列中……所有这些都指向了个人叙事的价值。而更重要的是个人叙事对宏大叙事的反驳。真正的个人叙事是忠实于个体经验的，是不进行理论预设的，它拒绝道德的绑架，权力话语的压迫和现成学术结论的规约。同时，真正的个人叙事是生动的、具体的、经验的和多样化的。所谓多样化是叙事形式、叙事风格上的多样化，日记、书信、札记，包括访谈等口述史都应该在选择和运用的范围。这些多样的话语方式能够留住因统一的话语而牺牲和流失的材料。

我曾多次规划自己的中等师范个人叙事，一方面试图客观真实地留下一个"师范人"在八九十年代的经历，期待形成"一个人的师范教育史"，另一方面也是对自己的成长史留下记录，在我的规划中，至少有这样一些方面。

物质生活记录。幸好当时曾留下部分日记和账册，可以帮助我们回忆当年苏中地区省属市管的中等师范学校青年老师的待遇。这是两个人或一个小家庭的断代经济史。我们80年代中期结婚，租住的是学校的宿舍，一开始吃食堂，结婚后就自己开伙了，这是有象征意义的，你不再是"单身汉"了，你有家了。但开伙的条件其实并不具备，只不过是在廊檐下搭建个小厨房，放个炭炉子而已。后来参加福利分房，再后来集资建房，再后来是房改房，住宿条件才得到根本改观。刚工作时每月工资四十三元，等到2001年离开学校时，工资已近两千元。80年代逢年过节会发放水果，还发过煤气罐、电炒锅，再后来就是直接发放奖金。因为写作，稿费也是我们重要的收入。需要记录的是个人的经济生活水平与学校的经济水平密切相关，早期学校的经济来源一部分要靠校办工厂，所以各学校的教师福利不一样，因为每个学校的校办工厂效益不等。90年代就靠招生了，师范招生的收费政策现在看来是有利有弊，利是扩大了办学规模，提高了办学水平特别是硬件水平，提高了教师待遇，但也打破了基础教育师资供需平衡，降低了生源质量。校办企业后来统一改制，这也是一个艰巨的工作。

教学与教学管理以及个人成长。一开始是普通教师，后来评职称，90年代中期评上了高级讲师，这已经是中师最高的职称了。2000年评上省特级教师。教学管理则起步于教研组长。这个班组长工作很琐碎，却承担着教学管理的基础职能，要组织老师开展政治学习、业务学习、集体备课，做学期与学年总结，制订教学与科研计划等等。再后来是教科室主任助理，教导处副主任，校长助理，副校长，校长。每个层级都有相应的分工，因为自己的成长几乎是一步一个脚印，因此，对这一过程的追忆大致可以看出一所中等师范学校的科层结构和行政流程。作为一所省属市管的师范学校，与属地打交道的方面是很多的，市（县）委、市（县）政府、教育局、财政局、银行、工商局、税务局，直到街道、派出所都需要协作。前些时，遇到当地的一位公安局副局长，还与他说起和当年学校所在地迎春派出所的友好关系。记得那年的一次聚会，派出所的一位吴姓警官特地带来自泡的药酒，厚实，劲道，直喝到东方既白。科研是我们当年的重要成长。我们的学术研究即起步于中师工作期间，条件当然艰苦，特别是对于从事当代文学研究与评论来说，在县城工作对研究的限制很大。但回头想想，如今想在县城做出全国影响几乎是不可能了。翻开用稿记录，真的令人吃惊，每年几乎都要在全国知名评论报刊以及刊发理论评论的综合文学期刊上发个遍，这个量在现在无论如何也做不到了。80年代中期曾为写莫言的评论到县图书馆手抄过他的许多作品，因为期刊不外借，又没有复印技术，自己抄不过来还请同事帮忙抄过。当时也没有电脑，最快的写作速度是一夜手写九千字。记得是因为赶稿，从邻县的实习基地赶回,连夜写完,早上再赶到实习学校。

学校传统与地方文化。这是背景,是个人成长环境,也是许多故事孕育的地方。学校是一所百年老校,80年代就成为省级文保单位,现已是国家级文保单位。在原址、原房办学的师范当时唯此一家,一进五堂,白墙灰瓦,很有书院格调。因为百年来在原址原房办学的只有这一所,随着城市的扩建,原来地处城乡交界处的学校越来越接近中心,因此与城建规划的矛盾越来越突出,常常要"保卫学校",一看见规划红线威胁到学校,教职工便群情激愤,一些退休的老教师会拄着拐杖到学校,命令后生务必保住家业。我曾经与当时分管城建的一位副市长为此事拍过桌子。所在地是苏北名镇,代有名人,人文积淀丰厚,学校毗邻冒家巷,集贤里,相传宋代词人王观、清代名士冒辟疆都曾在此,可以说,每一个到这里工作和求学的人都会终生难忘。学校档案完备,建校九十年纪念时曾编有校史,一百年时又事增补。可贵的不仅是物质的遗存与文字的记载,更有一代代相传的办学传统。我曾经在一篇文章中说过,"一所学校要办出特色并不难,但要形成传统却绝非易事,因为它需要时间,需要长时间的筛选与积淀,而我们学校正是一所具有自己传统的学校。这个传统包含了一种精神,一种崇尚学术、求真务实的精神。每一个到学校工作的年轻人,在一开始都会感到一种无形的压力,这种压力不是来自于制度,也不是来自于管理,它是一种氛围,弥散在你工作与生活的每一个空间。在这种氛围中,读书与治学成了你几乎唯一的选择。我们求学时的学校教育是有许多遗憾的,也正因为如此，我们才为到这所学校工作感到万分庆幸，我们在80年代前期到那里，而我们的文学批评写作也开始于这个时期。虽然这只是一个中等师范学校，但她拥有出色的教育专家、科普作家、古典文学研究者和在许多学科领域颇有造诣的老师，我们的所谓文学批评不过是与他们一样的一种教育教学研究而已……"这里面显然有许多的人与故事。当年曾有"天下师范是一家"的说法，全省、全国师范学校交流非常多，学校还曾接受过湖北、海南等地师范学校的老师来进修。省、市都有各学科中心组，组织会课，论文评比。由于办学成绩突出，经常有上级领导视察，而学校经验也得以参与到各级师范教育管理的建议中。作为学校代表，我经常参与教育部师范司、省教委师教处文稿的讨论和起草，因为时常和当时高邮师范的辜伟节老师合作，而被同行戏称"汪辜会谈"。因了这样的机缘，得以接触到许多师范教育界的领导、专家，获益很多，印象极深，回忆起许多文件与规划的出台，那里面确实有许多的思考和智慧。

　　班主任。班主任是一个十分重要的工作岗位。学校从党总支到学生工作支部、教导处分管学生工作的副主任（政教处是后来设置的职能部门）、团委、学生会、年级组，一直到班主任，形成学生教育与管理体系，再加上学生工作计划与具体到每天的导护制度，起码从制度与人员配置上将学生德育工作放在了至关重要的位置。班主任不仅是管理，更是学生的朋友，年轻的老师实际上是与学生一同成长的。我做过普师的班主任，也做过大专班的班主任，对班主任与学生工作理解颇多，故事也很多，与许多学生结下了超乎年龄差异与师生关系的友谊，一直延续到现在。套用一句话就是：多年师生成兄弟。许多人做老师，都有从年轻气盛唯恐学生不惧，到宽厚待人但怕学生不亲的过程，我也一样，每次师生相聚，这类话题最多。

其实，这部分的叙述可以邀约学生参与。学生的生活实际上可以分为两面，一面是切合学校教育教学规定的，特别是八九十年代，一是不但学费全免，而且享受政府给予的生活补贴；二是毕业包分配，在校学习的情况一定程度关系到分配，所以，总体上都有强烈的学习欲望。但另一面则是青春期特有的心理。青年亚文化也会影响师范学生的生活，课余、休息日、假期、校外、宿舍，都是他们生活的另一面。我曾经无意中撞见学生在宿舍喝酒，更有学生毕业后在老师面前不再拘束的相互"揭发"，其丰富与"出格"着实令我吃惊。但关键是他们大都轻松地度过了"危险期"，现在也都为人师，为人父，为人妻，可见学生的自我教育、自我成长的力量。这方面非常值得研究。

学科教学。师范的学科教学自成体系，教学目标、课程设置与普通高中都不一样。像普通话，作为"三字一话"基本功的一项曾经被强调到相当的高度。80年代，南通地区北三县的学生普通话一般都比较差，学起来很困难，所以不及格的学生常常被扣饭菜票，这种惩罚的严厉迫使学生在短时期内刻苦练习直至过关。到了90年代中后期，它的优势便显现出来，由于80年代毕业生渐成小学教育的主要力量，所以，普通话教育已能衔接循环，普通话课程也随之弱化，逐渐由普通话等级考试取代。这只是一个例子，其他课程设置可叙述的很多，仅语文学科的文选与写作的分分合合，就是部课程演变史。

业余生活。学校是个小社会，相对独立，衣食住行虽然条件各时期不一，但基本上不出校门都可以解决。体育活动是教师主要的业余活动，每天下午都要打乒乓球，比个高低胜负，老师们相互之间也有交往，打牌、下围棋等等。有一段时间每个周末就有一个老师做东，相对固定的几个人到他家打牌，打完牌接着吃饭，下个周末再到另一位老师家，这大概成了学生眼中老师的另一面。毕业后在刊物上看到学生的一篇文章，写到我，说有一次我们俩在前面走，他在后面听到我们在聊什么饼干好吃，便飞奔到教室对同学们说："汪老师也吃饼干！"所以，学生的叙述视角有趣而重要。由于从事当代文学评论，与地方文化界也有接触，并在文联有兼职，当地文化界曾有"三权一政"的说法，也就是四个文化人，其中另三个人的名字里都有一个"quán"音的字。虽是文人戏称，但另一方面也可以看出地方对这所学校师资水平的看重。

……

这是一个很不完善的开放的个人叙事，可以在写作中增删，其中重要的是当时的文档，可以作为链接。当然，这里不是具体讨论它的写法，而是提供一个个案来探讨其可能性及其意义。仅从上面粗线条的提纲即可见作为师范教师的个体状况，他的活动半径及其对师范教育的介入程度以及影响，是可以作为当年师范教育的历史叙事的素材的，也可以看成一个人

-207

的中师教育史，一部微观的中等师范教育史。如果将师范看成一个生命共同体和文化类型，我们需要的恰恰是这种鲜活的具体的实证性的表述与史学留存，许多当年的重要节点包括非常响亮的"改革"都可以在其中看出痕迹，它已经具体化到一个教师的实践与日常生活之中了。

这样的工作不知何时才能开始？不知道有无当年的师范人在做相似的工作？80年代，90年代，以及其后分化的新世纪，都应该有人做相似的工作，如果这样的叙事匮乏，我们如何去保存那份记忆进而推动其研究呢？遗忘，是很容易的。